식물을 기르기엔 난 너무 게을러

이종산 지음

 아토포스

차
례

3부
환한 쪽으로

프롤로그

　　나는 뭔가를 돌보는 일에 소질이 없다. '물고기 덕후' 였던 동생이 집 안에 커다란 수조를 설치하고 작은 바다를 만들었을 때도 몇 년 동안 물고기들에게 밥 한번 준 적이 없다. 부모님이 옥상에 각종 식물을 기르며 하루에도 몇 번씩 옥상을 오르내릴 때도 물 한번 주지 않았다.

　　그런 면에서 나는 무심하고 게으르다. 다행인 건 내가 그런 인간임을 잘 알고 있었다는 사실이다. 그런데도 자취 생활을 한 지 일 년이 넘어가자 자꾸 뭔가가 기르고 싶어졌다. 내 작은 방에 뭔가 돌볼 것이 있었으면 하는 생각이 점점 커져갔다. 어쩌면 내게 필요했던 것은 돌보기라는 행위가 아니라 나와 함께 있어줄 존재였는지도 모르겠다. 물고기 한 마리, 화분 하나라도. 내가 혼자가 아니라고 느끼게 해줄 만한 것이 필요했다.

하지만 막상 뭔가를 기를 생각을 하면 걱정부터 앞섰다. 강아지나 고양이를 기를 형편은 전혀 아니었다. 햄스터는 야행성이라 밤새 쳇바퀴를 돌려대서 잠에 방해가 될 것 같았다(나는 동생이 물고기를 기를 때 물고기 뻐끔대는 소리에 잠을 설치는 인간이었다. 동생과 다른 방을 썼는데도 말이다. 나는 무심하고 게으른데다 예민하기까지 하다).

거피guppy(송사릿과의 열대 담수어)를 한 마리 키우자니 어항을 둘 데도 없는 데다가 어항이 쓰러져서 물바다가 될 걱정부터 들었고, 화분을 가져오자니 볕 드는 곳이 없었다.

그러다가 밥을 먹어야 하는 시간이 되면 나를 돌보는 일만으로도 너무 귀찮다는 생각이 들면서 '돌봐야 할 존재를 더 늘리는 것은 절대 무리!' 하며 다시 깨닫고는 했다. 그런 생각을 반복하며 몇 년을 살다가 어느 날 대책 없이 직장을 그만두고 전업 작가가 됐다. 월세를 낼 돈이 없어진 나는 부모님 집으로 돌아왔다. 결국 아무것도 길러보지 못하고 자취 생활이 끝난 것이다.

그러던 내가 어느 날 문득 식물에 마음을 빼앗겼다. 식물이라는 지구의 한 종족과 정면으로 부딪혀버렸다. 그날 나는 국립현대미술관에 있었다. 〈식물도감: 시적 증거와 플로라〉라는 전시가 괜찮다는 입소문을 듣고 가벼운 마음으로 보러 갔던 것이다.

그 전시에서 식물을 사랑하게 되었다. 큰 기대 없이 나간 소개팅에서 필생의 운명을 만난 느낌이랄까. 게다가 그 운명의 상대는 항상 내 주변에 있었다. 나는 그날 평생 풍경의 일부라고만 여겨왔던 식물을 처음으로 제대로 바라봤다. 그러자 식물이 나에게 말을 걸어왔다. 인간과 식물은 같은 곳에서 태어났으며 단지 다른 언어를 쓸 뿐이라는 것, 인간은 식물에게 다가감으로써 그들의 언어를 읽어낼 수 있다는 것을 어렴풋이 느낄 수 있었다.

식물의 언어를 처음으로 들었다는 사실에 지나치게 흥분한 나머지, 제대로 둘러보지도 못한 채 전시장을 나왔다. 친구들에게는 오늘이 마지막인 이 전시를 꼭 봐야 한다는 메시지를 보냈다(사실은 트위터에 올렸다). 두 명의 친구가 전시에 갔다.

두 친구 중 한 명인 혜 언니가 전시에서 나와 비슷한 경험을 했다. 그날로 우리는 식물교를 만들었다. 세상에 믿는 것이 없었던 나에게 종교가 생긴 것이다. 그것은 남들이 이해하지 못하는 사이비 종교에 들어가는 것과 비슷했다. 나는 영적 체험에 사로잡혀 제정신이 아닌 채로 알아듣지 못할 소리를 떠들어대고, 다른 사람들은 내가 미쳤다고 생각하며 피하는 것이다.

하지만 다행히도(또는 불행하게도) 나에게는 같이 미쳐버린 친구가 있었다. 나와 혜 언니는 식물교를 결성한 직후에 기차를 타고 경주로 갔다. 우리는 그 도시의 식물원에서 경이로운 오후를 보냈다. 몇 주 후에는 도시 전체가 식물원이나 다름없는 베트남의 중부 도시에도 갔다. 수입이 없던 나는 혜 언니의 실업수당을 같이 썼다.

식물의 언어에 관심이 생긴 뒤로, 나의 모든 산책은 식물교 투어가 됐다. 평소 얼마나 많은 식물에 둘러싸여 살고 있었는지도 알게 됐다. 관심은 확장되었다. 언어가 다른 종족과 소통하며 살고 있는 사람들이 보이기 시작했다. 동물이나 식물을 기르는 친구들은 자기와 함께 살고 있는 이종異種과 소통하려 노력하고 있었고, 그런 교감에서 커다란 기쁨을 느끼는 듯했다.

함께 사는 고양이가 생기면 길고양이들을 그냥 지나

009

칠 수 없게 된다는 얘기를 종종 듣는다. 그건 동물과 함께 살면서 그들에게도 언어가 있다는 사실을 생생하게 깨닫게 되기 때문이 아닐까? 그들은 표정, 눈빛, 몸짓, 소리로 자신들의 생각과 감정을 전달한다. 그들에게 언어가 있다는 걸 깨달은 사람들은 새로운 관계를 맺을 수 있게 된다. 다른 종족과의 우정이 시작되는 것이다.

식물에게도 언어가 있음을 깨달은 뒤로 나는 어디에서나 우정의 가능성을 볼 수 있게 되었다. 아직 식물들의 언어를 잘 모르지만 언젠가 그들의 언어를 이해할 수 있게 되는 날이 올 것이라는 사실을 의심하지는 않는다.

이 책은 무심하고 게으르고 예민하며 이기적인 한 인간이 낯선 언어를 쓰는 종족에게 관심을 가지게 되면서 일어난 일들에 대한 한 권의 이야기가 될 것이다.

1부

낮선 존재에게 다가가기

최초의 기르기

"처음 길러본 동물이 뭐예요?"

가끔 사람들과 '어릴 때 길렀던 것'에 대해 얘기하게
될 때가 있다. 학교 앞에서 파는 병아리나 메추리 이야
기를 하는 사람도 있고, 강아지나 새를 길렀다는 사람도
있다. 고양이, 거북이, 햄스터, 금붕어나 열대어 이야기도
나온다. 어떤 기억은 따뜻하고, 어떤 기억은 쓸쓸하다.

내가 스스럼없이 꺼내놓을 수 있는 기억은 개구리를
기른 일이다. 내가 어릴 때 시골에서 농사를 짓던 친할
머니는 가끔씩 쌀이나 야채를 보내주시고는 했다. 할머
니가 삼촌들과 함께 기른 농작물이었다.

하루는 배추가 왔다. 여름방학이었다(초등학생 때 썼던 방학 일기를 읽어보니 정말 한심하다. 거기에는 텔레비전을 봤다거나, 뭘 먹었다는 얘기밖에 없다). 그날도 거실에서 텔레비전을 보며 늘어져 있었던 것 같다. 비가 오는 날이었다.

"어머, 이게 뭐야!"

부엌에서 할머니가 보내준 꾸러미를 풀던 엄마가 소리를 질렀다. 무서워서 터져 나온 비명이 아니라 웃음이 섞인 탄성이었다.

"뭔데, 뭔데?"

나는 쪼르르 부엌으로 가서 물었다.

"개구리야."

엄마가 배춧속을 보여줬다. 그 안에 배추와 거의 같은 색깔의 개구리가 있었다. 아주 작고 귀여운 개구리였다.

나는 한눈에 그 개구리가 좋아졌다. 동시에 마음이 졸아들었다. 엄마는 무엇이든 기르지 못하게 했기 때문이다. 돌보는 일이 결국은 엄마의 일거리가 될 거라는 이유였다(나이가 들고 보니 맞는 말이었다).

"기르면 안 돼?"

엄마의 눈치를 보며 슬쩍 물었는데 웬일인지 엄마가 선뜻 허락했다.

"이렇게 된 거 어쩔 수 없지."

엄마는 대야에 물을 받고는 개구리를 넣었다. 조그마한 물갈퀴를 휘저으며 헤엄치는 개구리를 보는 게 얼마나 재밌던지! 지금 생각해보면 지루한 오후에 그런 뜻밖의 일이 생겨서 엄마도 기뻤을 것이다.

개구리는 다음 날부터 플라스틱 어항에서 살게 되었다. 집에 있는 어린이용 과학백과에서 개구리 항목을 찾아보았다. 개구리가 물에서도 땅에서도 사는 양서류라는 것을 그때 처음 알았던가? 아마 학교에서 배웠을 테지만 양서류라는 말을 확실히 외운 건 그때였을 것이다.

물에서도 땅에서도 숨 쉴 수 있는 생물이 있다는 걸 알고 신기해했던 기억이 난다. 동물은 날거나, 땅에서 걸어 다니거나, 물속을 헤엄치거나 셋 중 하나인 줄로만 알고 있었다. 그러니까 조류, 포유류, 어류 정도의 큰 분류만 대강 익히고 있었던 것이다.

동물에도 여러 종류가 있다는 것을 개구리 덕분에 처음 배웠다. 개구리는 땅에서도 물에서도 정말 거침없이 숨 쉬고 움직였다. 엄마는 개구리의 몸이 마르면 안 된다고 가르쳐줬다. 그래서 물을 가득 담은 대야에 한 번씩 개구리를 넣어주었다. 그러다 개구리가 바깥으로 튀어

나오면 나와 동생은 소리를 지르며 즐거워했다.

그러나 오래 기르지는 못했다. 엄마는 장마철이 오기를 기다렸다가 개구리를 아파트 화단에 풀어주었다.

여름방학, 배춧속에 싸여 도시로 온 개구리를 키웠던 시간은 아직도 반짝거리는 기억으로 남아 있다. 다만 시골 논밭에서 평화롭게 살 수 있었던 개구리가 불행히도 배추에 섞여 들어가 도시의 아파트에서 겪은 소란을 생각하면 미안해진다.

최초의 기르기는 우리의 삶에 어떤 영향을 줄까? 어른의 돌봄만 받다가 나의 돌봄이 필요한 존재가 생긴다는 것. 나도 무언가를 돌볼 수 있다는 뿌듯함. 그리고 그 일을 제대로 해내지 못했을 때의 죄책감. 이별의 슬픔.

최초의 기르기는 아마도 처음으로 그런 감정들을 배우는 일이 아닐까?

문득 생각나는 일이 하나 더 있다. 참새 이야기다. 나는 개구리를 길렀던 때보다 조금 더 자라서 초등학교 고학년이 됐다. 열한 살쯤이었을 것이다.

쌀쌀한 저녁에 아빠와 함께 내가 다니던 초등학교 운동장으로 산책을 나갔다. 동생도 함께였다. 늦가을 운동장에는 노란 은행잎과 빨간 단풍잎이 수북이 쌓여 있었다. 엄마가 저녁밥을 차리는 동안 아빠가 나와 동생을 맡았던 것 같다.

참새를 발견한 사람이 나였는지, 아빠였는지 정확히 기억나지는 않는다.

작은 참새가 파닥이고 있었다. 어쩌다 그랬는지 다리가 부러져서 자꾸 넘어졌다. 날개도 다친 것 같았다. 우리는 참새를 집으로 데려갔다. 아빠의 커다란 손안에서 참새는 더욱 가냘파 보였다.

엄마는 참새를 보고 화를 냈다.

"이걸 집에 가져오면 어떡해! 세균이 있을지도 모르는데. 더럽잖아."

아빠는 참새가 나으면 바로 풀어주겠다고 약속했다. 엄마도 말만 그렇게 했지 함께 참새를 돌봤다. 나와 동생은 참새에게서 눈을 떼지 못했다.

아빠가 참새를 치료했다. 다리를 뭔가로 묶었던 것 같다. 산골에서 자란 아빠는 동식물에 대해 잘 알았다. 참새는 물과 곡물을 먹었고 잠은 수건을 깐 바구니 안에서 잤다.

참새는 금방 회복됐다. 하루 만에 우리 집 거실을 날

아다녔다. 처음에는 죽을 것처럼 힘이 하나도 없어 보이던 작은 새가 펄펄 날아다니는 것을 보고 우리 가족은 손뼉을 쳤다. 집에 데려온 다음 날 저녁이었다.

"이제 내보내."

엄마는 참새가 나는 모습을 볼 때는 기뻐했지만 곧 매정해졌다. 계속 기를 수 있을지도 모른다는 희망을 품고 있던 나는 시무룩해졌다.

나와 동생은 아빠와 함께 운동장으로 가서 참새를 풀어주었다. 참새는 나무 주변을 맴돌았다.

"집 안에 갇혀 살기는 갑갑했을 거야."

아빠가 말했다. 참새는 정말 집에 있을 때보다 쌩쌩해 보였다. 그 순간 미련이 사라졌다. 새는 밖에 있을 때 더 행복했다.

그 새를 본 기억이 오래도록 남았다.

행복한 기억만 있는 건 아니다. 엄마 몰래 병아리를 샀다가 시들시들 죽어가는 모습을 봤던 경험도 있다. 그때의 죄책감은 개구리나 참새를 보며 느꼈던 즐거움보다 훨씬 더 기억 속에 깊이 남아 있다. 살아 있는 무언가를 기르는 일에 대한 두려움은 병아리의 죽음을 본 기억에서 시작된 것 같다. 나는 아직도 내가 돌보던 무언가가 죽어가는 모습을 봐야 하는 때가 무척 두렵다.

하지만 대야에서 헤엄치는 개구리를 보며 동생과 웃었던 순간이나, 새가 활기차게 날아올랐던 순간을 떠올리면 가슴속에 행복이 차오른다. 생명을 책임져야 하는 일을 몹시 두려워하면서도 자꾸 무언가를 기르고 싶어지는 건 바로 그런 행복한 기억 때문일 것이다.

기르기는 행복과 슬픔이 공존하는 일이다. 행복하기만 한 기르기도, 슬프기만 한 기르기도 없다. 관계를 맺으며 복잡한 감정들을 배우게 된다는 점에서 친구를 사귀는 일과 크게 다르지 않다는 생각이 든다. 처음에는 낯설기만 하던 존재가 점차 익숙해져서 나와 가까운 관계가 된다. 그렇게 다른 존재와 가까워지면서 배우는 복잡한 감정들을 아울러 우정이라 할 수도 있을 것이다.

최초의 기르기는 어쩌면 나와는 아주 다른 존재와도 우정을 맺을 수 있다는 가능성을 처음으로 발견하는 일이 아닐까?

친구들의 동생들

　내 친구들은 둘 중 하나다. 나처럼 기르는 걸 두려워하거나 반려동물과 함께 산 지 오래됐거나.

　기르기를 두려워하는 친구들은 나와 입장이 비슷하다. 강아지나 고양이를 기를까 하다가도 금방 현실적인 문제들이 떠올라 마음을 접는 경우다. 직장에 다니는 친구는 오래 집을 비울 때가 많아 '동물은 주인이 외출하면 계속 기다린다는데, 괜히 내 욕심으로 데려와서 외롭게 만들기 싫어'라는 생각으로 반려동물 입양을 포기했다.

　프리랜서나 아르바이트로 생활하는 친구들은 동물을 기르는 데 드는 비용을 걱정한다. '핸드폰 요금도 밀릴 판인데, 사료값이며 병원비며 어떻게 감당할 거야. 괜히 데려와서 고생시킬 거 없지.' 기르던 반려동물과 이별을 경험하고 나서 마음을 닫아버린 친구도 있다. '다시는 그런 슬픔을 겪고 싶지 않아.'

반려동물과 함께 산 지 오래된 친구도 여럿 있다. 그 친구들에게 반려동물은 가족이다. 어떤 사람과 가까워지면 자연스럽게 그 사람의 가족 관계도 알게 되는데 친구의 가족은 멀고도 가까운 존재다. 친구를 만나면 서로 가족의 안부를 묻기도 한다. 친구에게 가족과의 일을 듣기도 한다.

친구의 반려동물과 나 사이의 거리는 딱 그 정도다. 때때로 친구 집에 놀러 갔다가 친구의 가족과 어색한 인사를 나누기도 한다.

대학 때부터 알고 지낸 친구 가연이에게는 동생이 둘 있다. 첫째 동생은 고등학교에 다니는 남동생이고, 둘째 동생은 '공주'다. 공주는 갈색 푸들이다. 가연이를 만나면 꼭 공주의 안부를 묻게 된다.

"공주는 잘 있어?"

그러면 가연이는 공주와 있었던 일을 얘기하며 웃거나 한숨을 쉰다. "공주가 말이야…" 공주 이야기를 할 때는 가연이의 표정이 풀어진다.

공주는 내가 아는 친구들의 반려동물 가운데 가장 개성이 강한 아이다. 주인과 가장 닮은 반려동물이기도 하다.

나는 비슷하게 생긴 갈색 푸들 사진이 여러 장 있어도 단박에 공주를 찾아낼 자신이 있다. 공주는 가연이와 표정이 정말 닮았다. 가연이는 눈물이 많아서 걸핏하면 눈이 촉촉해지는데, 공주도 눈망울이 항상 촉촉하다. 한 없이 여린 것 같지만 어쩔 때 보면 예민하고 신경질적인 인상도 있다. 가만히 있을 때는 맹해 보이지만, 은근히 성질이 있다.

가연이는 공주를 여동생으로 생각한다. 공주도 가연이를 자기가 돌봐줘야 할 귀찮은 동생쯤으로 여기는 것 같다. 공주는 가연이가 자신을 쓰다듬으면 으르렁거리면서도 가연이 옆에 붙어 있다. 가연이도 집에 있을 때는 공주를 꼭 끼고 있다.

가연이는 가끔 공주 사진을 잔뜩 보내온다. 가연이나 가연이의 가족들이 찍은 공주의 표정은 생생하다. 귀여운 면도, 새침한 면도 있다. 사나울 땐 사납다. 밖에서는 겁이 많은 편인 것 같다. 집에서 찍은 사진이 대부분이지만, 가족과 승용차를 타고 외출할 때 찍은 사진도 있다. 공주는 두말할 것 없이 가족의 일원이다.

"공주 사진 좀 그만 보내! 네 셀카도 보내지 말고."

나는 종종 가연이가 보내오는 사진에 질려서 불평한다. 하지만 가연이는 잘 나온 셀카와 공주 사진을 계속해서 보낸다. 나는 가연이에게 익숙해진 만큼 공주에게도 익숙해졌다.

그리고 보니 공주를 직접 만난 적이 한 번도 없다(이 글을 쓰면서 깨달았다). 그런 게 친구 가족과의 거리인 것 같다. 익숙하지만 가깝지는 않은 사이. 친구를 떠올리면 뒤따라 생각나는 얼굴.

가끔 멀어진 친구들의 얼굴을 떠올린다. 그러면 친구와 함께 살던 동물들의 안부도 궁금해진다. 삼식이는 잘 있을까?

삼식이는 전 남자친구의 이모 댁에서 사는 개로, 십칠 년이나 산 노견이었다. 스피츠의 유전자가 섞인 믹스견인 삼식이는 하얗고 순했다. 전 남자친구는 명절 때마다 이모 댁을 찾아갔는데 한번은 나도 그 집에 따라간 적이 있었다. 그때 삼식이를 처음이자 마지막으로 봤다. 삼식이는 나이가 들어서 귀도 잘 안 들리고 기운도 없었지만 전 남자친구를 알아보고 꼬리를 살랑거렸다.

나는 그에게 삼식이 얘기를 많이 들어서 만나기도 전부터 그 애를 좋아하고 있었다. 직접 보니 정말 예쁜 개였다. 나는 초면인 동물 앞에서는 어떻게 해야 할지 몰라 멀뚱히 있는 편인데 그날은 나도 모르게 악수를 청했다. 삼식이는 부드럽고도 우호적인 태도로 악수를 받아주었다. 그날 그 집에서 받았던 가족의 조용한 환대와 삼식이와 나눈 부드러운 악수는 항상 함께 떠오른다.

그와 헤어지면서 삼식이를 다시 볼 일은 없게 되었다. 가끔 그의 얼굴이 떠오를 때면 삼식이가 생각난다. 마지막으로 안부를 들었을 때 삼식이는 점점 더 노쇠해 가고 있다고 했다. 언젠가 삼식이가 무지개다리를 건넜다는 이야기를 듣게 될까 봐 마음이 조마조마해질 때가 있다.

친구들이 웃는 얼굴로 '집에 있는 그 애'를 이야기하는 걸 듣고 있다 보면 나도 누군가와 함께하는 삶을 꿈꾸게 된다. 집에 가면 날 기다리고 있는 따뜻한 생물이 있고, 그 생물과 몸을 맞대고 잠드는 그런 생활. 주말에는 침대에서 같이 빈둥거리다가 산책도 나가고… 그런 생각을 하다가 멈칫한다.

로망은 로망, 현실은 현실이다. 자신이 돌보는 동생혹은 자식 같은 '그 애' 얘기를 하던 친구들의 얼굴에 미안함이 스치는 순간들을 떠올려본다. 챙겨야 할 게 많다고 작게 투덜거리던 것도, 여행이나 출장을 갈 때 맡길곳을 찾지 못해 곤란해하던 것도, 아플 때는 돈은 돈대로 들고 또 얼마나 속상한지 하소연하던 것도! 무엇보다십 년 넘게 곁에 있던 가족을 떠나보냈을 때 얼마나 슬퍼했는지도.

기르던 동물이 떠난 빈 자리는 채워지지 않는다는걸 친구들이 겪는 이별을 보며 배웠다. 나는 내가 돌보던 따뜻한 생물과 이별할 자신이 없다. 그게 내가 반려동물을 기르지 않는 가장 큰 이유다.

"나도 동물을 기를 수 있을까?" 반려동물과 사는 친구들에게 종종 묻는다. 할 수 있을 거라고 선뜻 대답한친구는 지금껏 아무도 없었다. 하나같이 동물을 데려올때 따르는 책임이 크다며 신중하게 생각해보라고 했다. 나만큼이나 사는 데 서툴고 철딱서니 없어 보이던 친구가 그런 말을 하면 갑자기 사람이 다르게 보이기까지 한다. 그런 무거운 책임을 지고 살아가고 있었다니! 나는나 하나로도 버거운데. 그러면서 마음을 접는다.

함께 사는 동물과 사람 간에 어떤 교감이 일어나는지 나는 잘 모른다. 친구들에게 들은 이야기나 SNS에 올라오는 글을 보며 짐작만 할 뿐이다. 속상한 일이 있어 울고 있었더니 평소에는 쌀쌀맞던 고양이가 가만히 다가와 밤새 옆에 있어줬다는 이야기 같은 걸 들으면 약간 감동하게 된다. 제멋대로 인간의 감정을 동물에게 투사하는 게 아니라, 서로 어떤 감정을 나누고 있다는 생각이 들어서 마음이 움직이는 것이다.

사람은 서로 마음이 통한다는 사실을 느낄 때 감동한다. 어른이 되고 나서 그런 감동을 느낄 일은 점점 적어지고 있다. 집에 있는 그 애(고양이를 키우는 친구들은 '그분'이라고 하기도 한다) 이야기를 하는 친구들의 얼굴에 번지는 미소를 보면 동물과 함께하는 삶을 향한 동경이 다시 일어난다. '저 친구는 서로 마음이 통하는 존재와 함께 살고 있구나. 배신당할지도 모른다는 의심은 조금도 하지 않는 관계를 맺고 있구나.' 그런 생각이 들어서다.

마음이 통하는 존재가 하나 생긴다면 나도 그 관계에 따르는 책임을 기꺼이 질 수 있을 것 같다는 생각이 들면서 '어쩌면 나도 할 수 있지 않을까?' 하는 용기가 생긴다. 하지만 더러운 내 방과 한숨 나오는 통장 잔고

를 보면 두려움에 휩싸여 다시 현실로 돌아온다. 난 그
런 위대한 일을 할 수 있는 인간이 아닌 것이다.

우리 집을 거쳐간 작은 생물들

개구리 말고도 우리 집을 거쳐간 생물들이 있다. 우선 떠오르는 것은 거북이다.

안방 화장대에는 유리 수조가 있었다. 그 수조에 거북이 두 마리가 살았다. 내 손바닥보다 작은 거북이들이었다.

하루는 이웃들이 놀러 왔다. 작은 아파트 단지에 사는 아이들은 거의 다 같은 초등학교에 다녔다. 아이들은 다들 친구가 되었고, 엄마들도 엄마들끼리 가깝게 지냈다.

특별한 초대 없이도 서로의 집에 왕래하는 일이 많았는데, 그날은 평소보다 조금 특별했던 날로 기억한다.

아마 우리 가족 중 누군가의 생일이었을 것이다(내 생일이었던 것 같기도 하다).

엄마들이 부엌에서 대화를 나누는 사이에 나와 다른 아이들은 침대 위에서 신나게 방방 뛰었다. "침대에서 뛰지 마!" 어릴 때 엄마에게 가장 많이 들었던 말 중 하나가 그거였다.

하지만 그날은 특별한 날이었기 때문에 분위기가 느슨했다. 평소라면 한소리 들을 일을 몇 개쯤 해도 그냥 넘어갈 듯한 분위기였다. 그런 분위기 속에서 일이 터졌다. 어쩌다 그런 일이 일어났는지 자세히 기억나지는 않는다. 분명한 건 침대에서 뛰던 누군가가 실수로 수조를 쳐서 떨어트렸다는 것이다. 수조는 바닥으로 떨어져 산산이 부서졌다.

거북이를 떠올리면 수조가 부서지던 순간이 가장 먼저 생각난다. 그 소리와 바닥에 흩어진 유리 조각들, 쏟아진 물, 일시에 멈춘 아이들, 그리고 바닥에서 버둥거리던 거북이 두 마리.

수조가 깨지는 요란한 소리에 엄마들이 서둘러 들어왔다. 가장 어린 남자애가 놀라서 울음을 터트렸다. 침대보와 바닥은 물로 흥건하게 젖어버렸다.

029

엄마는 황당해서 입을 벌리고 있다가 곧 정신을 차리고 다른 엄마들과 함께 상황을 수습했다. 아이들을 한쪽으로 몰아놓고, 유리 조각을 치우고, 걸레를 가져와 젖은 바닥을 닦았다. 유리 조각은 금방 치웠지만 문제는 냄새였다. 방 안에 고약한 냄새가 진동했다. 아이들은 코를 쥐어 막았다. 거북이가 살던 물에서는 이상한 냄새가 났다.

"거북이 똥 냄새일 거야." 한 아이가 그렇게 말했다.

늦은 저녁이었고 그날 그 자리는 그렇게 파했다. 깨진 거북이 수조 치우기가 그날의 마지막 프로그램이 됐다.

거북이 냄새는 며칠이나 갔다. 거북이들은 어떻게 됐더라? 기억나지 않는다. 하여간 그날의 일을 계기로 엄마는 집에서 무언가 기르는 일을 더욱더 싫어하게 됐던 것 같다.

그다음으로 떠오르는 것은 소라게다. 내 세대라면 다 알지 않을까? 문방구에서 오백 원에 팔던 소라게. 저렴하고 기르기도 쉬워서 인기가 많았다.

등에 집을 지고 사는 게.

소라게는 집을 지고 다니다가 위기의 순간이 오면

집 안으로 쏙 들어간다. 학교에서 그런 것을 배웠다.

소라게는 느리면서도 빨랐다. 보고 있을 때는 느릿느릿 움직이는데 잠깐 한눈을 팔면 사라져버렸다. 바닥을 기어 다니면서 사라진 소라게를 찾는 게 재밌었다. 못 찾을 때도 있었다. 그대로 사라지고 며칠 뒤에 빈 껍데기만 발견된 적도 있다. 아마 죽었을 거다.

등에 집을 지고 사는 생물이 하나 더 있었다.

달팽이.

달팽이는 방학 숙제인 관찰 일기의 단골 소재였다.

달팽이는 자기 몸 크기에 비해 먹성이 좋아서 당근이나 오이, 호박잎 같은 야채를 엄청나게 먹어치웠다. 당근 한 토막, 넓적한 잎 하나를 금방 해치웠다. '방학'이라고 하면, 달팽이가 자기 몸보다 몇 배나 큰 야채를 빠른 속도로 갉아 먹는 모습을 바라보던 시간이 떠오른다.

당근을 먹으면 주황색 똥을 싸고, 상추를 먹으면 초록색 똥을 싸는 것도 신기했다. 그 생각이 나서 인터넷에서 '달팽이 똥'을 검색해봤다. "달팽이는 포유류에서 볼 수 있는 쓸개와 같은 소화 기관이 없어 음식물은 소화하고 흡수시키지만 색소를 분해하거나 흡수하지 못해 먹이의 색소를 그대로 똥으로 내보낸다"는 설명이 있었다.

"먹이의 색소를 그대로 똥으로 내보낸다."

그렇구나. 사람도 그렇다면 어떨까. 딸기 프라푸치노를 먹으면 분홍색… 그런 생각을 하다가 더러워서 그만뒀다.

어릴 때 학교 앞 문방구에서는 철마다 유행이 바뀌었다. 세일러문 카드나 스티커는 스테디셀러였고, 포켓몬스터 카드도 오랫동안 인기가 있었다. 꾸러기 수비대 지우개나 반지사탕이 유행하기도 했다.

유행하는 생물도 계속 바뀌었다. 소라게 말고도 야광새우, 거피 같은 작은 물고기가 유행했다. 나도, 반 아이들도 유행하는 생물을 한 번씩은 다 샀다. 학교에 가면 그게 대화 주제가 됐다.

그 많던 작은 생물들은 다 어디서 왔을까? 어쩌다 포장지에 싸여 문구점에서 팔리게 됐을까. 그 작은 생물들은 거의 다 비슷한 죽음을 맞았을 것이다.

애완동물을 기르는 일은 역시 인간의 이기적인 욕심이 아닐까? 어릴 때 우리 집을 거쳐갔던 작은 생물들을 생각하면 미안한 마음밖에 들지 않는다. 그때의 나에게 그 생물들은 장난감에 가까웠다. 나는 어렸을 때부터 개구리에게 돌을 던지거나, 개미를 돋보기로 태우는 것 같은 장난을 혐오했지만 지금 생각하니 그런 장난을 했던 아이들과 내가 별 차이가 없었다는 생각이 든다. 나는 소꿉장난을 하듯 '뭔가를 돌보는 놀이'를 했던 것이다. 그러나 그 돌보기는 괴롭힘이나 다름없었다.

예전에 잠깐 학원에서 초등학교 저학년 아이들을 가르친 적이 있다. 내가 일하던 곳은 학원이 많은 건물의 칠 층에 있었다.

어느 날은 엘리베이터에서 내렸는데 아이들 한 무리가 모여 있는 것이 보였다. 자세히 보니 아이들이 모여 있는 곳은 내가 일하는 학원 옆의 미술학원 앞이었다. 그 학원은 한쪽 벽이 유리로 되어 있어 안이 보였다. 유리벽 너머로 아이들이 모여 있었다.

호기심이 생긴 나는 유리벽 가까이로 다가가 아이들이 왜 모여 있는지 들여다봤다. 그곳에는 토끼가 있었다. 작은 철장 안에 든 토끼였다. 아이들은 토끼를 보고 있었던 것이다. 아마 '살아 있는 동물 그리기' 같은 것을 하려고 데려온 것 같았다.

토끼는 며칠이나 그 자리에 있었다. 나는 출근해서 그 토끼를 보는 것이 괴로웠다. 토끼는 예민한 동물이라

033

는데, 아이들이 그렇게 가까이서 소리를 지르고 철장 안에 손가락을 넣어 건드리니 괴로울 것 같았다. 굳이 예민함을 따지지 않더라도 그런 상황은 누구에게나 힘든 일일 것이다.

토끼가 그곳에 얼마나 오래 있었는지는 기억나지 않는다. 토끼보다 내가 먼저 상가에서 탈출했던 것 같기도 하다. 토끼는 어떻게 됐을까?

나는 아이들의 학습 목적으로 동물을 기르는 일이 비인간적이라고 생각한다. 초등학교에서 반마다 금붕어나 햄스터를 기르는 것도 마찬가지다. 지금도 그런 곳이 있는지는 모르겠지만 내가 초등학교에 다닐 때는 반에서 금붕어를 길렀다. 금붕어 당번을 정해 매일 돌아가면서 먹이를 줬다. 주번이 일주일에 한 번씩 수조의 물을 갈았다. 하지만 반에서 기르는 금붕어는 자꾸 죽었고, 그때마다 새로운 금붕어가 왔다. 그것이 끔찍했다.

그로부터 이십 년 정도가 흘렀다. 나는 아무것도 기르지 않는 어른이 됐다. 동물을 기르고 싶어 하는 것이 이기적인 욕심이 아닐까 고민하면서 반려동물과 행복하게 살고 있는 친구들을 보며 부러워하기를 반복한다. 무엇이 더 나을까? 이런 고민조차 너무 인간 중심적이라는 생각에 이르면 한동안은 기르기에 대한 생각이 들지 않는다. 아마 나는 이렇게 고민만 하다 평생 혼자 살게 될 것 같다.

동생의 빈 수조

　　동생의 방에는 수조가 하나 있다. 크기도 꽤 크고 무겁기도 무거운 유리 수조다. 수조는 비어 있다. 모래와 돌이 들어 있기는 하지만, 그뿐이다.

　　동생이 수조를 산 건 일 년 전이다. 처음 수조를 집에 들여놓을 때 그 크기에 놀라서 동생에게 물었다.

　　"이걸 왜 산 건데?"

　　"새우를 기르려고."

　　새우 떼라도 들여올 참인가?

　　"왜 이렇게 큰 걸 샀어?"

　　"중고야. 싸게 올라왔길래 일단 샀어."

동생은 들떠 보였다. 다음 날이라도 새우를 수조에 풀어놓을 기세였다. 동생은 야광새우 이야기를 했다. 나도 어두운 곳에서 빛나는 새우가 보고 싶었다. 그때부터 나는 은근히 새우가 집에 올 날을 기다렸다.

하지만 새우를 기르는 날은 차일피일 미뤄졌다. 수조를 들여오고 며칠 안 돼서 동생은 지방으로 일을 하러 내려갔다. 영화 스태프로 일하는 동생은 며칠씩 지방에 가 있을 때가 많다. 서울에서 촬영이 있을 때도 집에 있는 시간은 거의 없다. 쉬는 날도 드물다. 상황이 그렇다 보니 동생이 새우를 기를 날은 요원해 보인다.

동생은 어릴 때부터 나보다 무언가를 기르고 싶어 하는 욕구가 훨씬 더 컸다. 특히 강아지를 키우고 싶어 했는데 엄마의 반대가 워낙 한결같이 완강해서 언제부턴가 체념한 것 같았다.

하지만 뭔가를 기르고 싶은 마음은 쉽게 접어지지 않는 것인지 동생은 어느 날부터 물고기를 기르기 시작했다. 나와 동생 둘 다 고등학교에 다닐 때였다.

동생의 물고기 기르기는 작은 어항에 거피 한두 마리를 기르는 수준이 아니었다. 동생은 커다란 수조에 내가 모르는 열대어들을 잔뜩 길렀다. 종류도 다양한 한

037

떼의 물고기들을.

　관리는 까다로워 보였다. 여과기를 설치하고, 물도 자주 갈았다. 나는 옆에서 보기만 했지만 물갈이는 꽤 힘이 드는 일이었다.

　동생은 물고기를 주제로 하는 인터넷 커뮤니티에 가입해서 정보도 꾸준히 모았다. 다른 사람들이 올린 물고기 사진을 보다가 마음에 드는 물고기가 있으면 눈을 반짝이며 이름을 알아내 기억해뒀다가 단골로 다니는 수족관에 가서 구해 오기도 했다.

　그 취미가 몇 년은 갔다. 이사를 하면서 동생은 기르던 물고기들을 팔았다. 구체적인 기억은 없지만 물고기를 팔면서 섭섭해하던 동생의 얼굴은 인상에 남았다.

　나는 물고기 밥을 주기는커녕 물고기들이 뻐끔거리는 소리가 거슬린다고 동생에게 불평이나 했기 때문에 그 후로는 동생이 한때 열정적으로 물고기를 길렀다는 사실을 잊고 지냈다. 그러다 일 년 전에 동생이 갑자기 수조를 샀을 때에야 예전 기억이 떠오른 것이다.

　동생은 다시 물고기를 기르고 싶은 마음이 항상 있었다고 말했다. 적당한 때를 기다렸는데 그런 때는 영영 올 것 같지 않아서 수조부터 샀다고 했다. 원래는 물고기를 기르고 싶었는데 요즘은 새우로 관심이 옮겨갔다는 얘기도 했다. 나는 동생이 그런 생각을 하고 있는 줄 전혀 몰랐다.

동생은 여전히 일 때문에 여유가 없고, 수조는 말라 있다. 나는 빈 수조를 볼 때마다 조금 쓸쓸해진다. 동생도 이제 서른. 새우 몇 마리도 기를 여유가 없는 어른이 되었다.

최근에는 내가 슬쩍 유기견 입양 얘기를 꺼냈다. 구청에서 유기견 입양을 지원하는데, 내가 집에 있는 시간이 많으니 한 마리 데려오면 어떨까 한 것이다. 동생은 자기도 유기견 입양을 생각해봤지만 역시 무리일 것 같아 대신 유기동물을 돌보는 봉사활동을 알아보고 있다고 했다. 영화 하나가 끝나면 다음 영화를 할 때까지 공백기가 생기는데, 그 공백기에 유기동물 보호소에서 일을 해보고 싶다는 것이었다.

하지만 그것도 생각뿐, 동생은 여전히 일로 바쁘다. 즐길 수 있는 취미는 영화를 보는 정도인 것 같다.

무언가를 기르고 싶은 마음은 왜 사라지지 않을까? 빈 수조를 보면 쓸쓸한 동시에 그런 생각이 든다. 자기가 낳은 아이를 기르는 건 본능이라고 이해할 수 있다.

039

하지만 동물이나 물고기, 식물 같은 완전히 다른 종을 곁에 두고 돌보고 싶어 하는 마음은 어디서 오는 걸까?

어쩌면 우리는 단지 사랑할 존재가 필요한지도 모른다. 그게 이기적인 욕심이든, 소통하고자 하는 욕구이든 간에.

그러고 보면 사람들은 사랑을 참 좋아해. 하지만 사랑할 것을 찾기란 어렵지. 수조가 살아 있는 것으로 채워질 날이 올까? 지금은 왠지 그런 날이 영영 오지 않을 것만 같다.

우리 집에 사는 고양이들

우리 집에는 고양이들이 살고 있다. 몇 마리인지는 모른다. 사실 나는 집 주변의 길고양이들과 우리 집에 사는 고양이들을 구분하지도 못한다. 우리 가족이 고양이들을 돌보는 게 아니라 고양이들이 우리 집 보일러실을 무단 점거하는 것이기 때문이다. 아니, 그건 핑계고 사실은 내가 무심해서 그렇다.

지난번에는 동생과 어디를 다녀오는 길에 고양이들 얘기를 나눴다. 동생은 보일러실에 사는 고양이들을 잘 알고 있었다.

"그 고양이 되게 예뻐."

그러면서 동생은 고양이 가족의 생김새를 줄줄 이야기했다.

"어떻게 그런 걸 다 알아?"

나는 진심으로 놀라서 물었다.

"매일 보는데 당연히 알지."

동생은 모르는 게 이상하다는 투였다. 나만 이웃에 관심이 없는 냉정한 사람이 된 기분이었다. 사실이 그렇지만.

고양이 몇 마리가 우리 집 보일러실에 눌러앉은 것은 삼 년 전 겨울이었다. 나는 자취를 할 때여서 한 달에 두어 번 정도만 부모님 집에서 주말을 보냈는데, 어느 날 마당에 들어섰을 때 보일러실에서 나오는 고양이 두 마리를 마주쳤다. 며칠 전에 눈이 많이 와서 마당에 아직 눈이 남아 있었다. 춥긴 해도 햇볕은 따뜻한 날이었다. 눈이 녹고 있었다.

처음 고양이들을 마주쳤을 때는 길고양이들이 잠깐 들어왔구나 생각했다. 하지만 고양이들과 마당에서 마주치는 빈도가 점점 늘었다.

고양이들은 처음에는 내가 기척만 내도 바로 도망을 갔다. 나는 항상 고양이 꽁무니만 봤다. 그랬던 고양이들이 시간이 지나자 점차 뻔뻔해졌다. 나중에는 나와 마주치면 빤히 쳐다보다가 귀찮아하는 기색이 역력한 채로 마지못해 집 뒤쪽으로 사라졌다. 그럴 때면 고양이들이 집주인이고 나는 그들의 집에 함부로 들어간 경우 없는 인간인 것 같은 느낌이 들었다.

엄마에게 고양이에 대해 슬쩍 물어보니 엄마는 그것들이 아예 자리를 잡았다며 기막히다는 듯 웃었다. 겨울에 새끼를 낳을 곳을 찾다가 우리 집 보일러실에 들어왔던 모양이다. 어느 날 아침에 아빠가 마당을 쓸다가 고양이 울음소리가 들려 보일러실 문을 열어보니 태어난 지 얼마 안 되어 보이는 새끼들과 어미 고양이가 있었다고 했다. 그 이후로 계속 거기서 지낸다는 거였다.

솔직히 나는 엄마가 고양이들을 금방 내쫓을 줄 알았다. 어릴 때는 엄마가 할 일이 늘어나는 게 힘들어서 동물을 못 기르게 하는 줄 알았는데 나이가 들고 보니 엄마는 그냥 동물을 별로 좋아하지 않는 사람이었다. 어릴 때 송아지만큼 큰 개에 물려서 다친 뒤로 트라우마가 생겨 개를 좋아하지 않는다고 하는데, 내 생각에 엄마는 그 일이 없었더라도 개를 좋아하지 않았을 것 같다. 엄마가 동물을 보며 귀여워하는 모습은 한 번도 본 적이 없다.

　엄마는 평소에 고양이도 질색했다. 원래 울음소리를 싫어해서 드라마에서 누가 우는 장면만 나와도 진저리를 치며 얼른 채널을 돌려버리는 사람이다. 집 밖에서 고양이 소리가 들리면 아기 울음소리 같다며 듣기 싫어했다. 평생 엄마의 그런 면을 보고 산 나는 엄마가 고양이들을 우리 집 한쪽에 계속 살게 놔둘 거라고 생각하지 않았다.

　엄마는 밤에 마당에 나갔다가 고양이들을 마주치면 그 눈 때문에 소름이 쫙 끼친다고 했다. 고양이들이 자기를 무시하는지 발을 구르며 저리로 가라고 소리쳐도 자기를 빤히 보기만 하고 꼼짝도 하지 않는다는 얘기도 여러 번 했다.

　그런데 계절이 몇 번이나 바뀌었는데도 고양이 가족은 아직 우리 집 보일러실에 있다. 엄마가 고양이들에 대해 얘기하지 않게 된 지도 벌써 일 년이 넘었다. 우리 가족 중 누구도 고양이들의 밥을 챙기지 않는다. 그냥 어쩌다 보니 고양이들과 이웃으로 사는 게 익숙해졌다.

　그런데 그 고양이들은 매일 무엇을 하며 지낼까? 고양이는 하루 중 대부분의 시간을 아무것도 하지 않으며 지낸다는 기사를 읽은 적이 있는데 그게 정말일까?

나는 이웃에게 다가가지는 않지만 호기심은 있다. 내가 주로 보는 고양이의 모습은 담을 훌쩍 뛰어넘거나, 땅바닥에 딱 붙어 있거나(아주 더운 날이면 집 앞 여기저기에 고양이들이 달걀 프라이처럼 퍼져 있다), 담 위에 앉아 있는 것이다. 그 밖에도 뭔가 하기는 하겠지만… 글쎄, 잘 모르겠다.

그러고 보니 그 고양이들도 처음에는 우리 가족과 잘 지내보려고 노력했던 것 같다. 새로 들어왔다고 인사를 하듯 우리 집 현관문 앞에 죽은(혹은 그들이 죽인) 생쥐나 새를 몇 번이나 놓고 갔다.

우리 집은 일 층은 창고로 쓰고(처음에는 세를 줬는데 비가 하도 새서 세냈던 사람들이 나갔다), 이 층에서만 생활한다. 고양이들은 선물을 이 층에만 놓고 갔다. 내 느낌에 선물의 수신인은 우리 엄마였다. 엄마가 그 당혹스러운 선물을 발견할 때가 많았기 때문에 그런 느낌이 들었을까? 단순히 느낌만은 아닌 것 같다. 기억하고 있는 한 장면 때문이다.

밤에 집에 들어오다가 계단 밑에서 엄마와 고양이가 서로를 보고 있는 모습을 본 적이 있다. 엄마는 역시나 울상이 되어 고양이에게 "가, 가" 하며 말하고 있었는데 고양이는 그런 엄마를 빤히 쳐다보고 있었다. 그때 고양이의 시선은 경계가 아니라 호기심이나 호의에 가까워 보였다. 고양이는 우리 엄마를 무서워하지 않았다. 내가 다가가자 고양이는 나를 흘깃 보고는 집 뒤쪽으로 가버렸다.

나는 고양이가 날 보는 시선과 엄마를 보는 시선에 차이가 있다고 느꼈다. 날 볼 때는 '이 집에 들락거리는 너는 정체가 뭐냐?' 하는 느낌이라면, 엄마를 볼 때는 '호오, 집주인이 또 밖에 나오셨군. 오늘은 뭘 하고 계시나?' 하는 얼굴이랄까. 순전히 내 느낌일 뿐이지만 말이다.

고양이가 우리 아빠는 어떻게 쳐다볼까? 내 동생은? 나는 그렇게 알 수 없는 것을 궁금해한다.

고양이들이 선물을 놓고 가지 않게 된 지도 오래됐다. 그들도 우리 가족이 익숙해진 게 아닐지. 이웃 고양이들과 나는 여전히 데면데면한 사이다. 마주치면 잠깐 눈싸움을 하다가 휙 고개를 돌려버린다.

한번은 집 앞 골목에서 마주쳐서 눈싸움을 한참 하던 고양이가 날 피하듯 달려가더니 우리 집 대문 안으로 쏙 들어갔다. 나도 집으로 들어갔다. 원래 내가 가던 곳이 거기였으니 하는 수 없었다. 내가 들어가자 고양이는

황당하다는 듯 쳐다봤다. '여기까지 쫓아온 거야?' 하는
눈빛이었다. 여기 우리 집이거든? 나는 보란 듯이 고양
이를 지나쳐서 계단을 올라갔다. 고양이는 담을 넘어 옆
집으로 넘어갔다. 그 고양이가 우리 집에 사는 고양이인
지 매일 집 앞 골목에 죽치고 있는 고양이들 중 하나인
지는 아직도 모르겠다. 어쩌면 그 고양이가 그 고양이일
지도.

조금 다른 얘기지만, 집 앞 골목에는 항상 고양이를
위한 밥그릇과 물그릇이 있다. 이웃 사람들이 고양이 밥
을 챙기는 것이다. 몇 년째 매일 새로 채워지는 고양이
밥그릇을 보면 이웃 사람들이 조금 좋아진다.

지난겨울에는 아픈 고양이가 있었다. 우리 집 앞에
죽치는 고양이들은 정해져 있다. 그들은 건강하다. 그런
데 그 고양이는 어렸고 아파 보였다. 어미를 잃은 걸까?
나는 뭘 해주지도 못하면서 아픈 고양이가 신경 쓰였다.
그 고양이는 매일 밥그릇 앞에만 있었다. 하루 종일 밥
그릇에 코를 박고 있었다. 그런데도 그렇게 마른 걸 보
면 소화를 못 시키는 것 같았다. 그 모습이 안쓰러웠다.
그 고양이가 겨울을 나기 전에 죽을 줄 알았다.

하지만 예상외로 고양이는 회복했다. 초봄이었을 것

이다. 고양이가 며칠 보이지 않더니 어느 날 말쑥한 모습으로 밥을 먹고 있었다. 먹을 만큼 먹고는 미련 없이 다른 데로 갔다. 그 후로는 그 고양이가 밥 먹는 모습을 본 적이 없다. 아마 다른 고양이들처럼 사람들이 보지 않을 때 밥과 물을 챙겨 먹게 된 것 같다.

그 고양이는 아직 동네에 있겠지만 이제 나는 다른 고양이들과 그 고양이를 구분하지 못한다. 그게 기쁘다. 너무 약해져서 회복하지 못할 거라 생각했던 어떤 존재(주로 사람, 때로는 동물이나 식물들)가 살아나는 것을 볼 때마다 나는 부끄러워진다. 한 존재 안에 잠재되어 있는 회복력이 얼마나 강한지 잘 알지도 못하면서 미리 마음 아파했던 것에 스스로 창피해질 때가 있다.

고양이가 눈 오는 밤에 출산할 곳을 찾아 헤매다 보일러실에 들어가는 모습을 상상하면 슬퍼진다. 하지만 고양이에게 그런 나의 마음 따위는 아무 상관없다.

고양이는 혼자 새끼를 낳았다. 몇 년이 지난 지금, 고양이는 새끼들과 함께 잘 살고 있다(그때 낳은 새끼들 모두가 살아남지는 못했다). 집주인에게 생쥐를 물어다 주기도 하는 등 적당히 고마움도 표했다. 비굴한 면은 전혀 없다. 그렇다. 나의 이웃은 품위가 있다. 나는 그 품위에

경의를 느낀다.

　나의 이웃과 나는 눈이 마주치면 서로 휙 하고 시선을 피해버린다. 내가 가끔 용기를 내어 "안녕" 하고 인사하면 나의 이웃은 콧방귀를 뀐다. 나의 이웃은 자기 좋을 대로 한다. 그래서 나도 내 마음대로 한다. 멋대로 그를 이웃이라고 생각하는 것이다.

나와 다른 존재와 우정을 시작하는 방법

디가 서울로 이사를 왔다. 입주 전날 디는 혼자 오피스텔을 청소했다. 나는 롯데리아 햄버거 세트를 사서 오피스텔로 갔다. 초인종을 누르니 디가 문을 열어줬다. 디는 맨발이었다. 바닥이 물로 흥건했다. 나는 신발을 신은 채로 들어갔다.

"아직 지저분하네."

"종일 청소한 사람한테 할 말이야, 그게?"

디는 아침 열 시부터 청소를 시작했다고 말했다. 내가 오피스텔에 도착한 건 오후 세 시였다. 청소를 도와주겠다고 한 것 치고는 너무 느긋한 방문이었다.

"화장실은 끝냈어. 한번 봐봐."

디의 말을 듣고 화장실 문을 열어보니 정말 깨끗했다. 화장실 전체가 젖어 있었다. 예전에 패스트푸드점에서 일할 때 화장실 청소를 했던 기억이 났다. 호스로 물을 뿌리고 솔로 문질러 닦던 기억. 디도 그런 식으로 청소를 한 것 같았다.

디는 호주에서 청소 일을 할 때 하루에 열두 시간 동안 청소를 한 적도 있다고 했다. 나는 그런 얘기를 들으며 검게 먼지가 내린 창틀을 걸레로 닦았다.

오피스텔의 창문은 아주 컸다. 아쿠아리움의 거대한 수조처럼 보일 정도였다. 비가 내린 창밖의 세상은 젖어 있었다. 창밖으로 우산을 쓴 사람들이 물고기처럼 흘러갔다.

"좋은 방이네. 창문이 마음에 들어."

나는 그 말만 몇 번을 했다.

그다음에 오피스텔을 방문했을 때 첼로를 처음 만났다. 첼로는 세 살 정도 된 갈색 푸들이다(공주와 닮았다. 나이는 열 살이나 차이나지만).

첼로는 나를 격렬하게 맞이했다. 나는 개들의 그런 열렬한 인사를 받을 때마다 어쩔 줄을 모르고 뻣뻣해진

53

다. 디는 현관에 멍청하게 서서 이러지도 저러지도 못하는 나를 보고 개와 함께 사는 다른 친구들처럼 "얼른 문 닫아!" 하고 말했다.

나는 들어가서 침대에 올라앉았다. 첼로는 흥분 상태로 내 주변을 돌며 작은 소란을 피웠다. 첼로를 안아 무릎에 앉히자 곧 얌전해졌다.

"첼로가 안 짖네. 원래 모르는 사람이 오면 엄청 짖는데."

디가 그 말을 반복해서 했다. 첼로는 전혀 짖지 않았다. 나는 사소한 행동이나 징조를 호의로 해석하는 버릇이 있다. 그래서 첼로가 나를 마음에 들어 하는 거라고 생각해버렸다.

만나기 전에 디에게 첼로 얘기를 많이 들어서인지 첼로가 금방 친숙하게 느껴졌다. 디와 통화를 할 때면 첼로 소리가 들릴 때가 많았다. 첼로가 발을 긁었다며 디가 내는 작은 비명을 듣고 웃은 적도 몇 번 있었다.

디의 오피스텔에 갈 때마다 첼로는 내 무릎에 앉았다. 나는 첼로를 쓰다듬으며 책을 읽거나 트위터를 했다.

첼로는 작고 말랐다. 그리고 따뜻하다. 작고 마르고 따뜻한 첼로가 내 무릎 위에 있다. 나는 동물과 그렇게 오래 몸을 붙이고 있어본 적이 없었다. 다른 친구들의 개들은 내가 집에 들어갈 때만 잠깐 관심을 보이다가 금방 무심해졌다. 친구네 집 닥스훈트가 나의 배 위로 올라와 자는 바람에 가위에 눌린 적은 있지만(내 인생 처음이자 마지막 가위였다) 그건 접촉이라기에는 좀⋯ 무거웠다.

한번은 첼로와 단둘이 집에 남겨진 적이 있다.

나보다 늦게 일어난 디가 운동을 다녀오겠다며 나갔다. 나는 기침 때문에 밤새 잠을 설치다 아침 일찍 병원에 다녀온 참이었다. 병원에서 오피스텔로 돌아오는 길에 따뜻한 국물이 마시고 싶어져서 장을 봤다. 디가 나간 뒤 된장찌개를 끓였다.

찌개에 넣을 호박을 썰고 있는데 느낌이 이상해 뒤를 돌아보니 첼로가 부들부들 떨고 있었다. 한눈에 보기에도 바짝 긴장한 모습이었다. 이까지 드러내고 있었다.

첼로에게 나는 아직 낯선 사람이구나.

낯선 사람과 단둘이 있으면 당연히 불안하지. 그럴 만해. 사실 당황했지만(첼로와 내가 어느 정도는 친해진 줄 알았다) 침착하려 애썼다. 일부러 첼로 쪽을 보지 않고 할 일을 하다가 한 번씩 돌아보면 첼로는 계속 부들부들 떨고 있었다. 나는 개를 대하는 일이 서툴러서 그럴 때 어떻게 해야 하는지 모른다. 괜히 어설프게 뭘 하려 했다가는 더 자극하게 될 것 같았다. 누군가가 나를 그렇게 두려워하고 경계하는 상황이 낯설고 불편했다.

긴 초록색 원피스를 입고(그날따라 그런 옷을 입고 있었다), 식칼을 들고(디의 집 식칼은 무시무시했다), 혼잣말("그래, 당연히 무섭겠지. 그럴 만해")을 하고 있는 나. 뒤에는 작고 마른 아이가 덜덜 떨고 있다. 내가 무서운 마녀가 된 것 같았다.

찌개가 다 끓었을 즈음 디가 돌아왔다. 첼로는 디에게 달려갔다. 그제야 나도 긴장이 풀렸다. 팽팽했던 방 안의 공기가 느슨해졌다.

"네가 나가니까 첼로가 너무 긴장하더라."

나는 도마를 닦으며 말했다. 디는 당연한 일이라며 대수롭지 않게 여겼다. 역시 당연한 일이구나. 나는 안심이 되어 찌개 불을 껐다. 첼로는 어느새 평상시로 돌아와 있었다.

그리고 열흘쯤 뒤에 첼로와 산책을 나갔다.

산책에 따라간 것은 처음이었다. 디는 내게 잠깐 첼로의 목줄을 잡고 있어달라고 부탁했다. 나는 자신이 없어서 쭈볏거리며 목줄을 넘겨받았다. 첼로는 어디론가 자꾸 가려 했다.

"끌려가지 말고 컨트롤을 해봐."

디가 말했다. 그때 첼로가 갑자기 한쪽을 향해 달렸다. 나는 반사적으로 목줄을 확 잡아당겼다.

"그렇게 잡아채면 죽을 수도 있어. 목이 졸려서 죽는다고."

디가 정색을 했다. 내 생각에도 너무 세게 잡아당겼다. 얼굴이 달아올랐다. 디가 목줄을 다시 가져갔다. 첼로의 목을 당겼을 때의 느낌이 손에 남았다.

나는 내심 디가 종종 첼로를 거칠게 다룬다고 생각했고 그게 마음에 안 들었다. 그런데 목줄을 잡아챘을 때 튀어나온 내 마음은 디와 비교할 수 없이 거칠었다. 집에 돌아와서도 기분이 나아지지 않았다. 순간적으로 당황해서가 아니라 그 순간 내 본심이 튀어나온 것 같은 기분이 들었다. 나보다 약한 존재를 함부로 여기는 마음 같은 것. 나는 첼로를 나와 동등한 존재로 보지 않았다.

작은 일을 너무 크게 생각하는지 몰라도 나는 내 자신이 실망스러웠다. 나와 다른 존재와의 우정이라니. 다 웃기는 소리 같았다. 아, 너무 싫다. 작은 일을 크게 고민하는 나도, 관계에 서투른 나도, 내 마음의 냉혹한 부

055

분도, 이런 자의식도.

그런 자기혐오는 자고 일어나니 좀 사라졌다. 하지만 내가 첼로의 목줄을 거칠게 잡아챘을 때의 느낌은 아직까지도 내 손에 남아 있다.

디의 오피스텔 건물 바로 옆에는 커다란 오동나무가 있다. 이런 동네에 저렇게 큰 나무가 있다니, 싶을 정도로 크다. 잎사귀는 얼마나 풍성한지 볼 때마다 마음이 흔들린다. 특히 비 오는 날 큼직한 잎사귀들이 젖어서 바람에 흔들리는 걸 보고 있으면 감탄하게 된다. 오동나무는 오피스텔 복도에 있는 베란다에서도 보이고, 방 안에서도 보인다. 존재감이 있는 나무다. 나는 처음 봤을 때부터 그 나무가 좋았다.

그런데 '목줄 사건' 이후로는 그런 마음까지 꺼림칙해졌다. 오동나무에게 갖고 있는 내 호감은 일방적인 감정이다. 그런데도 나와 다른 존재와 우정을 맺는다는 게 가능할까? 회의감이 들었다.

사람이 동물이나 식물에 저지르는 폭력들이 떠올랐다. 세상에는 그런 폭력이 만연하다. 열악한 환경에 놓인 동물들, 살해당하는 동물들, 멸종 위기에 놓인 식물들.

이런 세상에서 인간이 동물이나 식물과 우정을 나눌

수 있다고 믿는 것은 자기기만이 아닐까. 하지만 그렇다면 첼로가 내 무릎에 앉아 있을 때 우리 사이에 흐르던 평화는 무엇일까? 내가 책을 읽고 있으면 다가와 자기 엉덩이를 내 몸에 붙여오던 첼로. 나는 책을 읽고 첼로는 자기 발을 핥는 시간. 그 고요한 시간에 내가 느낀 행복은 정말 아무런 의미도 없는 걸까?

이것에 대해 오래 생각했지만 답을 내지 못했다. 그런데 얼마 전 은아 언니에게 편지를 받고 엉켜 있던 생각이 조금 풀렸다. 대학 때 수업을 듣다가 알게 된 은아 언니는 어느새 가까운 친구가 됐다. 알고 지낸 지도 벌써 육 년이 넘었다.

언니가 일 년 전에 결혼해서 미국으로 간 뒤로 우리는 한동안 만나지 못했다. 그러다 얼마 전에 언니가 한국으로 잠시 들어와서 오랜만에 얼굴을 봤다. 카페에서 만나 그동안 못 했던 이야기를 한참 나누다 함께 버스 정류장으로 갔다. 내가 버스에 타기 전 언니는 내게 편지를 건넸다.

편지엔 이런 내용이 있었다. "우리가 어떤 계기로 친해졌는지 정확히 기억나지는 않지만… 나는 나 혼자 호감을 가지고 있으면 상대방의 마음은 생각도 안 하고 들이대는 경향이 있는데 아마 너한테도 그랬던 것 같아."
은아 언니는 그 편지와 함께 레몬그라스 비누를 줬다.

그날 저녁, 레몬그라스 비누로 샤워를 했다. 상큼한 레몬향이 욕실에 은은하게 퍼졌다. 좋은 향기는 정말 기분 좋은 거구나. 새삼 그런 생각을 했다. 나는 침대에 앉아 언니에게 받은 편지를 다시 읽었다.

나 또한 은아 언니와 친해진 계기가 무엇이었는지는 기억이 나지 않는다. 언니가 일방적으로 다가왔던 기억도 없다. 그렇게 좋은 사람이 나에게 다가와줘서 고마웠을 뿐. 우리는 가볍게 말문을 텄고 곧 친해졌다. 그렇게 가끔 만나 서로 사는 얘기를 나누는 사이가 됐다.

나와 다른 존재와 우정을 시작하는 방법은 그런 것이 아닐까. 가까워지고 싶다는 마음을 먹고 다가가는 것. 특별한 계기가 없어도 우정은 시작될 수 있다. 처음에는 일방적인 마음일지 몰라도. 일단은 그렇게 믿어보기로 한다.

왜 살아 있는 것은 리셋되지 않을까?

가만히 있다가 '그것 참 이상하지' 하는 생각이 들 때가 있다. '그것'은 매번 다르다. 사람들은 어떻게 매일 같은 시간에 출근을 할까. 인류는 어떻게 지금까지 살아남은 걸까. 여름에는 왜 과일이 맛있을까. 수박에는 왜 그렇게 씨가 많을까. 그 배우는 왜 그 감독하고 연애를 할까… 뭐 그런 시시한 것들이다.

오늘은 아침을 먹다가 문득 '게임에 육성이라는 장르가 따로 있다니, 그것 참 이상하다' 하는 생각이 들었다. 세상에 출시된 수많은 육성 게임들을 떠올리자 웃음이 났다. 사람들은 무언가 기르는 걸 정말 좋아하는구나.

059

나도 게임으로는 누구 못지않게 많은 것을 길러봤다. 대부분은 남에게 말하기 민망한 것들이다. 지금 돌이켜보면 중·고등학생 때 했던 육성 게임에는 대부분 변태적인 요소가 있었다. 그때는 그걸 전혀 몰랐느냐 하면, 그건 또 아니지만. 어쨌든 지금 하라고 하면 도저히 못할 것 같다(여자 머리를 화분에 심어 기르는 〈토막〉이라는 게임도 있었다. 왜 '머리 토막'을 기르는가에 대해 그럴싸한 스토리가 있기는 하지만 내용을 굳이 언급하고 싶지는 않다).

어릴 때 오래 열중했던 게임은 역시 '다마고치'다. 다마고치를 게임이라고 부를 수 있는지는 모르겠지만 말이다. 한때는 교실 안의 모두가 다마고치를 했다. 학교에서 나눠 주는 알림장에 '수업 중 다마고치 금지'라는 알림사항이 있을 정도였다.

나는 선생님께 혼날까 봐 다마고치를 꺼내지도 못하고, 다마고치가 죽을까 봐 신경 쓰여서 수업을 듣지도 못하는 소심한 학생이었다. 결국 이러지도 저러지도 못하다가 다마고치를 죽였을 때가 많다.

다마고치를 죽이지 않고 오래 기르는 것은 자랑거리였다. 유행한 만큼 다양한 종류의 다마고치가 나왔는데, 내가 본 엔딩은 잘 키우면 천사가 되는 다마고치였다.

도중에 죽으면 무덤, 끝까지 키우면 천사. 그런데 둘이 똑같은 거 아닌가? 무덤이나 천사나 결국은 같은 엔딩이 잖아. 지금 생각해보니 그렇다.

워낙 종류가 많아서 모든 다마고치를 해봤다고는 할 수 없지만 유행한 것은 거의 다 해본 것 같다. 나는 동물을 골라서 기를 수 있는 다마고치를 좋아했다. 병아리를 키워서 닭을 만들고, 강아지도, 고양이도 길렀다. 작은 화면 안에 조그만 고양이가 돌아다니는 걸 보는 게 너무 좋았다. 죽어도 죄책감이 들지 않는다는 점도 좋았다. 진짜 살아 있는 것이 아니니까 죽어도 진짜 죽는 것은 아니다. 전자 동물은 리셋 버튼을 누르기만 하면 얼마든지 새로 생겨난다. 전자 동물이 죽어서 슬펐던 적은 한 번도 없다.

내가 정이 없는 편인지도 모르겠다. 〈닌텐독스〉(닌텐도DS용 애완견 키우기 게임)를 하는 사람들은 새로운 강아지를 기르고 싶어도 원래 기르던 강아지의 데이터를 삭제할 수가 없어서 아예 새 칩을 사기도 한다고 하니까(트위터에서 봤다).

대학생 때였나, 어느 문방구에 들어갔는데 카운터 쪽에 다마고치가 있었다. 이게 아직까지 나오는구나, 반

웅

가운 마음에 하나 사버렸다. 가격이 꽤 올라서 이만 원대였다. 옛날에는 육천 원이었는데.

그때 산 다마고치가 지금은 어디에 있는지도 모르겠다. 어른이 돼서 한 다마고치는 재미가 하나도 없었다. 어릴 때는 이걸 왜 그렇게 열심히 했을까 싶을 만큼.

얼마 전에는 핸드폰에 〈비리디Viridi〉라는 게임을 받았다. 다육이를 키우는 게임이다. 하루나 이틀에 한 번 들어가서 분무기로 물을 칙칙 뿌리면 그만인, 정말 별것 없는 게임이다. 물을 주는 데는 일 분도 안 걸린다. 커다란 화분에 심은 여러 종류의 다육이를 보며 흐르는 배경음악을 듣다가 나온다. 귀여운 점은 화분에 달팽이가 있다는 것 정도일까. 그런데 그 별거 없는 게임이 은근히 재미있다. 왜 재밌는지는 나도 모르겠다. 심란할 때 그 게임을 켜고 어제와 별로 달라진 게 없는 다육이들과 달팽이를 보고 있으면 이상하게 기분이 조금 나아진다.

사실 〈비리디〉를 시작한 건 식물을 기르고 싶은데 용기가 나지 않아서였다. 요즘 유행하는 마리모(공 모양의 집합체를 형성하는 담수성 녹조식물)를 키워볼까 아니면 다육식물을 사볼까 고민하다가 결국 이도 저도 못하고 전자식물 기르기를 시작한 것이다.

그런데 전자 식물 기르기도 쉽지만은 않다. 자꾸 게임에 들어가는 걸 까먹는다. 며칠 잊고 있다가 들어가보면 작은 화분 안의 세계가 황폐화되어 있다. 다행인 점은 물을 칙칙 뿌리면 다시 살아난다는 것이다. 진짜가 아니라 다행이다.

　존재하지만 살아 있는 것은 아닌, 반은 진짜이고 반은 가짜인 전자 식물. 내가 원하는 게 그런 것일까? 애정이 필요할 때 가끔 찾아가서 바라보다 오면 그만인 그런 관계.

　"네가 진짜 존재하는 것 같지 않을 때가 있어."

　디와 통화를 하다가 그런 말을 한 적이 있다. 매일 통화를 하지만 우리의 관계는 모호해서 손에 잡히지 않는다. 카페에서 만나면 같은 테이블에 마주 앉아 각자 할 일을 한다. 대개는 책을 읽는다. 오피스텔이나 바에 가서도 마찬가지다. 나는 디와 대화를 하는 것보다 그렇게 같은 공간에서 각자 다른 일을 할 때가 더 좋다.

　디도 마찬가지다. 오라고 불러놓고는 사람을 거들떠보지도 않는다. 날 내버려두고 다른 사람과 채팅을 한 적도 있다. 그러다 디가 나에게 말을 걸면 나는 짧게 대답하고 하던 일을 계속한다. 대꾸하지 않을 때도 있다.

063

우리는 서로에게 전자 인간 같은 존재가 아닐까? 다른 사람의 목소리가 필요할 때 전화를 걸고, 혼자 있기 싫을 때 만나서 잠깐 같이 앉아 있다가 다시 각자의 공간으로 돌아간다. 하지만 사람은 전자 동물이나 전자 식물과는 다르다. 사람에게는 마음이 있어서 점점 더 많은 걸 바라게 된다.

심야의 가가채팅(낯선 사람과 채팅하는 실시간 대화 채널)에는 전자 인간이 필요한 사람들이 떠돈다. 섹스 상대를 구하는 사람이 대부분이지만 대화를 원하는 사람도 있는 것 같다. 디가 다른 사람과 채팅으로 나눈 대화를 보여줬을 때 나는 슬퍼졌다. 한 시간가량 나눈 대화에는 아무런 의미가 없는 말들뿐이었다. 왜 사람은 이렇게까지 외로워야 하는 걸까.

디는 모든 면에서 나와 다른 사람이다.

"너랑 얘기할 때는 내가 에일리언이 된 것 같아."

디가 그렇게 말한 적도 있다. 내게 디는 강아지 첼로나 오피스텔 건물 옆에 있는 오동나무만큼이나 이해하기 어려운 존재다. 우리는 같은 언어를 쓰지만 말이 통하지 않는다. 그저 서로의 말을 이해하려 애쓸 뿐 대화는 자주 어긋난다.

나는 나와 다른 존재와의 우정을 꿈꾸지만 그 시도는 자주 실패한다. 디는 다시 연결되지 않을 사람과 채팅을 하고, 카페나 바에서 다시 만나지 않을 사람과 대화를 한다. 나는 싫어하는 것들이다. 반면 디는 내가 왜 트위터를 하는지 이해하지 못한다. 우리는 각자의 방식으로 전자 인간들을 만난다.

오피스텔에 혼자 있는 디를 떠올리면 그 공간 자체가 다마고치처럼 느껴진다. 다마고치 안의 다마고치. 다마고치와 디의 차이는 리셋 버튼을 누를 수 없다는 점이다. 나는 몇 번이나 우리의 관계를 리셋하려 했지만 그건 불가능했다.

나와 다른 존재와의 우정은 정말 불가능한 걸까? 디를 만나면서 그 생각을 자주 한다. 어쩌면 상대방을 나와 다른 존재라고 생각하는 한 우정은 이뤄질 수 없는지도 모르겠다. 나는 리셋되지 않을 것을 알면서도 리셋 버튼을 누른다. 디도 한 번씩 리셋 버튼을 누른다. 하지만 우리는 리셋되지 않고 지나간 시간 속에서 받은 상처를 그대로 안고 서로를 본다.

왜 살아 있는 것은 리셋되지 않을까. 그것 참 이상한 일이다.

내가 식물을 기를 수 있을까?

　　얼마 전, 일로 만난 사람이 식물교에 대해 물었다. 카페에 앉아 창밖에 있는 나무를 같이 보다가 "그런데 식물교가 뭐예요?" 하는 얘기가 나온 것이다. 트위터 프로필에 '식물교'라고 써놓은 데다 친구들을 오랜만에 만날 때도 "나 식물교거든" 하고 말하기 때문에 종종 "식물교가 뭔데?"라는 질문을 받는다.

　　"식물교는 사람과 식물이 같은 곳에서 왔다는 것을 느끼고, 언젠가 식물과 소통할 수 있을 거라고 믿는 거예요."

　　그렇게 대답할 때마다 사이비 종교 신자라고 밝히

는 기분이 들어 상대의 표정을 살피게 된다. 이번에 그 대답을 들은 이는 별로 이상하게 생각하지 않는 눈치다. 입가에 미묘한 미소가 걸려 있기는 하지만.

"신자가 몇 명인데요?"

"두 명, 아니 이번에 한 명 더 늘어서 세 명이네요."

"신자가 되면 뭘 하는 거예요?"

"특별한 활동은 안 해요. 따로 모이지도 않고요. 그냥 각자 식물을 좋아하는 거예요. 가끔 만나서 식물 얘기도 하고요."

보통 대화가 여기까지 이르면 '나도 식물을 싫어하지는 않지만 특별히 관심은 없어' 하는 식의 반응이 돌아오기 때문에 다른 화제로 넘어가곤 한다. 가끔 "나도 식물에 빠져 있어!"라는 반응이 나올 때도 있다. 그때는 신자가 하나 더 늘어나는 것이다.

그런데 이번에는 대화가 조금 다르게 흘러갔다.

"그렇게 식물에 빠지게 된 계기가 있어요?"

이것도 종종 받는 질문이기 하다. 그 질문이 나오면 나는 봄에 갔던 전시 얘기를 한 다음, "그런데 그건 그냥 계기고, 결국은 그렇게 될 거였던 것 같아요" 하고 말한다.

"운명이라는 거예요?"

069

"네, 그런 것 같아요."

그 말은 진심이다. 나는 식물을 사랑하게 될 운명이었다고 생각한다. 식물교라는 건 반은 장난이지만 말이다.

사실 작년까지만 해도 내가 식물교 같은 걸 하게 될 줄은 몰랐다. 나는 자연을 특별히 사랑하는 그런 인간은 아니다. 오히려 경치에는 감흥이 없는 편이다. 여행 중에 멋진 풍경을 보고 눈물을 흘린다거나 하는 감성이 내게는 없다. 트래킹이나 등산도 질색이다.

사람을 도시주의자와 자연주의자로 나눈다면 나는 확실하게 도시주의자다. 도시가 너무나 좋다. 시골에서는 단 하루도 버티지 못한다. 도시에는 카페, 영화관, 서점, 그 밖에 다양한 문화시설 들과 와이파이가 있다. 시골에 별장이 있는 건 괜찮을지도 모르겠지만 전원생활에 대한 동경은 전혀 없다. 나는 죽을 때까지 도시에서 살고 싶다.

그런데도 '나는 애초에 식물을 사랑하게 될 운명이었다'는 생각이 드는 건 왜일까? 인생이라는 긴 코스에 '식물'이라는 팻말이 처음부터 꽂혀 있었다는 느낌이 든다. 그 팻말은 내가 태어났을 때부터 그 자리에 있었고,

나는 이제 그곳에 도달한 것이다.

돌이켜보면 조짐이 아예 없지는 않았다. 어릴 때는 식물도감 보는 걸 좋아했다. 숲에 들어갔을 때 나는 냄새도 좋아한다. 수목원을 걷는 것도 좋아한다. 아침에 숲에 들어갔다가 신비로운 느낌을 받고 감동한 적도 있다. 꽃무늬가 있는 소품도 아주 좋아한다(이건 그리 상관없을지도 모르겠다). 꽃을 그리는 것도 좋아한다. 하지만 이런 것들은 너무 사소해서 끼워 맞추기인 것 같다. 결국은 '이렇게 되고 보니 이렇게 될 운명이었던 것 같다'는 막연한 느낌이다.

식물교가 된 지 얼마 안 되어 식물원에 갔을 때 '첫 번째 소설은 동물원, 두 번째 소설은 수족관이 중요한 배경이 되었으니 이제는 식물원 소설만 남았네' 하는 생각이 들었다. 트위터에 시리즈 제목 공모도 했다('공원 3부작'이라는 제목이 가장 마음에 들었다). 그 트윗 덕분에 식물에 대한 에세이를 써보는 게 어떻겠느냐는 제의를 받았다(이 책이다). 그것도 운명 같다. 아직은 시작하지 못했지만 언젠가는 정말 식물원 소설을 쓰게 될지도 모르겠다.

지금은 식물원 소설을 쓰는 대신 식물 기르기를 시작해보려고 한다. 개나 고양이 입양을 오래 고민했지만 역시 무리다. 대신 작은 용기를 내서 화분을 하나 사기로 했다. 이것조차 마음먹기가 쉽지 않아서 한 달을 넘게 고민했다. 내가 식물을 기를 수 있을까? 나 말고 다른 것을 책임질 수 있을까?

그러고 보니 전자 식물에 물을 준다는 걸 또 까먹고 있었다. 이런 내가 정말 할 수 있을까? 무언가를 죽이는 건 정말 싫은데.

2부

식물을 기르기 시작하다

식물 쇼핑

7월은 화사한 달이다. 햇볕은 어느 때보다 뜨겁고, 여기저기에서 빨간 장미가 활짝 피어나고, 사람들은 선명한 색깔의 옷을 입고 해변으로 몰려간다. 여름의 한가운데.

축제 때 머리 장식에 쓸 꽃을 사러 양재동에 있는 꽃 시장(양재동 화훼공판장)에 갔다. 우리나라에서 가장 규모가 큰 꽃 시장이다. 빨간 버스를 타고 가는 동안 가슴이 두근거렸다. 기다렸던 식물 쇼핑 날이다.

옷을 사러 가는 쇼핑은 익숙하지만 마음먹고 식물을 사러 나서기는 이번이 처음이다. 종종 다른 사람에게 선물할 꽃을 산 적은 있었지만 그럴 때는 보통 동네에 있는 꽃 가게에 갔다. 내가 기를 식물을 사는 일과는 느낌이 좀 다르다.

살 것은 두 가지다. 축제 때 쓸 꽃과 집 안에 놓고 기를 수 있는 화분 하나.

나는 쇼핑을 가서 계획과 완전히 다른 물건을 살 때가 많다. 편하게 입을 수 있는 청바지를 사러 갔다가 입고 갈 데도 마땅치 않은 화려한 원피스를 사는 식이다(십년 넘게 그런 짓을 반복했더니 이제는 그냥 아무 때나 화려한 옷을 입게 됐다. 카페에 혼자 작업을 하러 갈 때도 속눈썹까지 붙인 풀메이크업을 하고 빈티지 옷가게에서 잔뜩 사들인 원피스들 중 하나를 골라 입는다. 카페에 가는 사람이 아니라 뮤지컬 공연을 하러 가는 사람 같다. 옷차림이 시간time, 장소place, 상황occasion에 알맞는지를 따질 때 '티피오'라고 하던가? 난 티피오를 싹 무시하고 내 마음대로 꾸미고 나갈 때 쾌감을 느끼는 패션 테러리스트다. 해변에서나 입을 법한 치렁치렁한 선드레스를 입은 사람을 스타벅스에서 본다면 나라고 생각해도 좋다).

이번에는 어떨까? 왠지 이번에도 사려고 했던 것과 전혀 다른 식물을 사게 될 것 같다. 꽃 시장에 들어섰을 때 그런 예감이 들었다. 나는 현금인출기에서 삼만 원을 인출해 지갑에 넣어 왔다. 그게 오늘의 예산이다.

가장 먼저 눈에 들어온 것은 온실이었다. 나는 온실로 들어갔다. '식물원 같네.' 그게 온실로 들어갔을 때 처음 받은 인상이다.

공중식물, 여러 종류의 난, 나무, 마법 주문 같은 이름, 선인장 들. 반은 식물원 같고, 반은 쇼핑몰 같다. 느낌도 반반. 반은 평화롭고, 반은 어지럽다.

식물을 볼 줄 모르는 나는 혼란에 휩싸였다. 가게가 많았지만 아무 데도 들어갈 엄두가 안 났다. 들어가면 어색한 대화를 하게 될 것 같아 싫기도 했다. 그러다 어느 가게 입구 쪽에 놓인 작은 나무 하나가 눈에 띄었다.

파키라(멕시코에서 남아메리카가 원산지인 관엽식물). 화분 하나에 만 원.

나무 하나에 만 원이라니 마음이 흔들린다. 게다가 파키라는 경주의 식물원에서 보고 귀엽다고 생각했던 나무다. 이걸 바로 사버릴까? 하지만 너무 빨리 사버리면 나중에 더 좋은 걸 발견하고 후회하게 된다. 쇼핑의 징크스다. 잠깐 고민하다가 일단은 좀 더 둘러보기로 한다. 아직 온실 하나가 더 남아 있다.

참길 잘했다. 두 번째로 들어간 온실에서 느낌이 좋은 가게를 만났다. 가게 앞에 있는 작은 틸란드시아(파인애플과의 여러해살이풀) 화분들을 보고 있는데 가게 주인이 나와 말을 걸었다. 뭘 찾느냐고 묻는 대신 내가 보고 있는 화분을 설명해줬다. 부드러운 인상에 나긋한 사람이었다. 마음이 편안해져서 이것저것 물어봤다.

책상에 놓고 기를 작은 화분을 생각한다고 하니 다육식물과 틸란드시아를 추천해준다. 하지만 마음이 가지 않는다. 평범한 건 싫어. 솔직히 그런 마음이 들었다. 식물을 기를 줄도 모르는 주제에. 초심자일수록 욕심이 큰 법이다.

실은 그사이 벌써 마음에 들어온 식물이 있었다. 은방울꽃을 축소시킨 것 같은 하얀 꽃이 달린 아주 작은 난. 가게 입구에 놓인 테이블에 진열되어 있었는데 첫눈에 반했다. 가격을 물어보니 삼만 원이라고 한다.

예산 초과. 이걸 사면 다른 걸 못 산다. 게다가 너무 연약해 보인다. 잘 기를 자신이 없다. 바로 마음을 접고 다른 식물을 봤다.

여러 종류의 틸란드시아가 있다. 틸란드시아는 흙에 심지 않아도 공기 중의 수분과 먼지 속에 있는 미립자를 자양분으로 하여 자란다. 기르기 쉬운 식물로 알려져 선인장, 다육이에 이어 유행하고 있기도 하다. 그 때문에 문구나 소품을 파는 가게에서도 몇 번 보기는 했지만 틸란드시아의 종류가 그렇게 다양한 줄은 처음 알았다. 스페니시모스, 안드레아나, 코튼캔디, 세로그라피카, 스트라미네아…. 나중에 알아보니 전 세계에 오백 종이 넘는 틸란드시아가 있다고 한다.

나는 부스스하게 생긴 틸란드시아 이오난사를 봤다. 하나당 천 원. 싸고 귀엽다. 하지만 그다지 애정이 갈 것 같지는 않다.

결국 고르지 못하고 가게에서 나왔다. 가게를 떠나기 전에 첫눈에 반했던 난을 한 번 더 보는데 그 뒤에 하얀 꽃이 달린 다른 난이 있었다. 앞에 있는 난보다 조금 더 크다. 작지만 튼튼해 보였다.

"얘는 얼마예요?"

하얀 꽃이 달린 작은 난과 비슷한 가격이지 않을까 했는데 만 오천 원이라고 한다. 딱 좋다. 꽃은 하나만 피었다. 그것도 마음에 들었다. 작은 잎사귀들은 진한 초록색이다.

"이름은 뭔가요?"

"포켓러브예요."

포켓러브라니. 마음에 쏙 드는 이름이다. 상술에 속아 넘어가는 건지도 모르겠지만 귀여운 이름에 마음을 빼앗겼다. 포켓러브의 키는 내 손바닥 길이 정도. 작고 가볍다.

"이걸로 할게요."

포켓러브가 든 비닐봉지를 들고 온실에서 나왔다.

꽃의 무게

　좋은 쇼핑이었다. 계획했던 대로 집 안에 놓고 기를 수 있는 화분도 샀고, 축제 때 쓸 꽃도 샀다. 돈이 조금 남아서 온실을 한 바퀴 더 둘러보다가 카라 구근도 하나 샀다. 구근은 한 손에 쏙 들어오는 크기여서 주머니에 넣었다.

　꽃 시장에서 나와서는 버스 정류장을 못 찾아서 길을 헤맸다. 지도 애플리케이션과 정류장 안내판의 정보가 달라서 우왕좌왕했다. 날은 덥고 배가 고파서 어지러울 지경이었다. 게다가 꽃이 너무 무거웠다. 그 은근한 무게를 새삼 느꼈다. 무거운 데다 들고 다니기도 불편했다.

전에 친구에게 주려고 꽃 한 송이를 신문지에 싸서 들고 다닌 적이 있는데 그때도 얼마나 성가시던지 몇 번이나 바닥에 내팽개쳐버리고 싶었다. 겨우 친구를 만나 꽃을 건네주고 나니 팔이 저릿저릿했다. 다음 날 근육통을 느꼈던 것 같기도 하다.

꽃 한 송이를 들고 다니는 일도 그렇게 고역이었는데 오늘은 꽃다발이 세 개나 됐다. 선물용으로 포장한 아담한 꽃다발도 아니다. 신문지로 싼 내 몸통만 한 다발이 세 개나 된다. 꽃이라기보다는 대파를 들고 있는 기분이다.

꽃이 뭉개지지 않도록 신경 쓰며 안고 있는 자세가 아기를 안을 때와 비슷하다는 생각도 들었다. 자칫 잘못해서 떨어뜨릴까 봐 조마조마하고, 처음 안을 때는 기분이 좋지만 점점 팔이 뻐근해지고 이마에 땀이 나면서 누구에게라도 넘겨주고 싶어진다.

한참 헤매다가 정류장을 찾아 버스를 탔을 때는 얼른 꽃을 내려놓을 생각뿐이었다. 다행히 버스에 사람이 별로 없어서 두 자리를 차지할 수 있었다. 자리에 앉자마자 옆자리에 꽃다발들을 내팽개쳤다.

아, 살겠다.

뻐근한 팔을 주무르는데 문득 떠오르는 기억이 하나 있다. 예전에, 사귀던 사람에게서 꽃을 받은 기억이다.

그날은 특별한 날도 아니었는데 그 사람이 꽃다발을 들고 집 안으로 들어왔다. 그날따라 아주 지쳐 보였다. 갑자기 웬 꽃이냐고 물으니 그냥 꽃을 주고 싶었다는 대답이 돌아왔다.

그러고 나서 같이 저녁을 먹는데, 기운을 차린 그 사람이 사실은 꽃을 들고 오는 길이 무척 파란만장했다고 털어놓았다. 하필 러시아워에 버스를 타는 바람에 사람들이 자꾸 꽃다발을 치고 지나갔다는 것이다. 그래서 팔을 올렸더니 버스가 흔들릴 때마다 꽃다발이 주변 사람들 머리를 건드렸다고 했다. 눈총은 눈총대로 받고, 무거운 꽃다발 때문에 팔은 아프고… 이러지도 저러지도 못했다며 하소연을 하는 그 사람이 무척 귀여워서 웃음이 나왔다. 말을 하다 보니 웃긴지 그 사람도 결국은 웃어버렸다. 함께 그 얘기를 가지고 웃으며 저녁을 먹었다.

아무것도 아닌 날 종종 내게 꽃을 줬던 그 사람이 이제는 옆에 없다. 남은 미련도 없다. 그때로부터 훌쩍 시간이 지난 지금, 나쁜 기억보다는 좋은 기억이 무겁게 느껴진다.

아주 예쁘지만 들고 있으면 무거워서 팔이 저리는 좋은 기억들. 언젠가는 시들 날이 오겠지. 옆자리에 있는 꽃다발을 보며 생각한다.

축제 전날 밤

꽃 시장에 다녀온 날, 친구 집에서 화장 연습을 하다가 시간이 너무 늦어버렸다. 겨우 막차를 타고 집에 돌아오니 자정이 넘어 있었다.

"지금 시간 돼?"

조심스럽게 동생 방문을 두드렸다. 동생은 졸린 기운도 없이 말짱한 얼굴이었다.

"엄마가 화장실에 있는 꽃 뭐냐고 물어보던데?"

커다란 김치 통에 물을 받아 꽃을 꽂아두고 나갔었다.

"그래서 뭐라고 했어?"

"뭐 어디 쓰나 봐, 그랬지."

085

대충 잘 얼버무린 모양이다.

내 방에서 가방을 챙겨서 다시 동생 방으로 갔다. 전에 동대문에서 산 조화도 꺼냈다. 그러고는 핸드폰에 저장해둔 이미지들을 동생에게 보여주었다.

"이런 거 가능할까?"

"가능할 것 같은데."

바로 작업에 들어갔다. 가방을 꽃으로 꾸미는 작업이었다. 길게 땋아 내린 형태의 붉은색 가발을 꽃으로 장식했다. 땋은 부분에 모조 넝쿨을 감고, 조화와 생화를 섞어서 가발 여기저기에 붙인다. 말로는 간단하지만 손이 꽤 가는 일이다.

글루건으로 꽃을 붙이느라 손에 자꾸 끈적한 것이 묻었다. 초등학교 때 손바닥에 물풀을 비볐던 기억이 났다. 경쟁하듯이 거미줄을 크게 만들곤 했었는데.

아침부터 꽃 시장에 다녀오고 그 뒤로도 축제 준비로 쉴 틈이 없었던 하루라 피곤이 밀려오는데도 거미줄을 보니 웃음이 났다. 나와 동생은 성가신 거미줄을 걷어내면서 작업을 계속했다.

작업이 끝난 것은 새벽 한 시 반쯤이었다.

"이 정도면 된 것 같지?"

장식을 마친 가발을 마네킹 머리에 씌우고 동생에게 물었다.

"누나가 마음에 들면 된 거지."

맞는 말이다. 그럭저럭 완성인 것 같다. 보면 볼수록 흡족하다. 모조 넝쿨에는 작은 조화들과 보라색 생화를 꼼꼼히 붙였다. 가발 군데군데에 장미와 카네이션도 붙였다. 둘 다 분홍빛이 돈다. 꽃송이가 조금 크긴 하지만 풍성해 보여서 나쁘지 않다.

장식할 때 참고한 이미지들은 주로 결혼식을 올리는 신부의 헤어스타일이었다(구글에 'wedding flower hair pieces'라고 검색하면 나온다). 그 이미지들을 볼 때는 '이렇게까지 만들기는 어렵겠지' 했는데 완성된 가발은 그것 못지않게 멋졌다.

나는 (사진을 엄청나게 많이 찍은 뒤) 신발 상자에 가발을 접어서 곱게 넣었다. 다음 날 버스와 지하철을 타고 이태원까지 가야 했다. 무사히 가발을 가져갈 수 있을까. 걱정하는 나를 동생이 안심시켰다.

"그렇게 넣어서 가져가면 괜찮을 것 같은데?"

"그렇겠지?"

어떻게든 되겠지. 일을 끝내고 나니 갑자기 졸음이

쏟아졌다. 아침에 일어나서 나가려면 자야 할 시간이었다. 꽃으로 장식된 가발이 든 신발 상자를 들고 내 방으로 가 침대에 누웠다. 설레기도 하고 걱정도 되고 이상한 기분이다. 내일을 잘 보낼 수 있을까?

혼자 생각해봤자 답은 알 수 없다. 내일이 어떤 날이 될지는. 머리 장식을 만드는 건 재밌었다. 결과물도 만족스럽다. 그런데 '굳이 생화를 써야 했을까' 하는 생각이 머리 한쪽에 맴돈다. 며칠 꽃병에 꽂혀 있다가 시드는 쪽이 꽃에게 더 나을까 하면 그것도 잘 모르겠지만 말이다.

꽃 시장의 선반을 채우고 있던 꽃들이 아른거린다. 경조사 때 축하나 위로를 전하기 위해 쓰이거나 다만 장식으로 쓰이기 위해 농장에서 길러지는 꽃들. 내가 꽃이라면 그런 생애가 그리 달갑지는 않을 것 같다. 쓸데없는 생각인지도 모르겠지만.

이런 생각을 할 때는 식물에게 영혼이 없기를 바라게 된다. 영혼이 있다고 해도 인간의 영혼과는 다르겠지.

장미의 목을 가위로 잘랐던 순간이 자꾸 떠올라서 마음이 찝찝했다. 식물교로서 배덕한 행위를 저지른 느낌이다. 하루 쓸 가발을 장식하겠다고 꽃의 목을 자르다니.

나는 어떤 감정에 사로잡힐 때 그 감정을 사전에 검색해보곤 한다.

배덕

「명사」

도덕에 어그러짐.

¶ 어느 나라에서는 배덕이 사형에 해당하는 중죄라고 한다.

밑에 달린 예문이 무시무시하다. 식물의 세계에서 나는 사형감일지도. 그런 생각을 하며 잠이 들었다.

축제 전날 밤이었다.

페스티벌

벽장에서 나온 뒤로 처음 참가하는 페스티벌이다. 드래그 워크숍을 함께한 사람들과 택시를 타고 시청 광장으로 향했다. 목적지에 가까워졌을 때 천장이 부서지는 듯한 소리가 났다. 빗소리였다.

택시 기사는 화려하게 분장한 우리를 보고 끊임없이 부적절한 농담을 했다. 이런 말을 하기도 했다. "남자와 여자는 하나님이 정해주신 것이죠. 그게 순리예요." 그러면서 자기 딸이 이번에 결혼해서 자식을 낳았다고 자랑했다.

나와 일행들은 별말을 하지 않았다. 한 사람은 축하

의 말을 건넸던 것 같다. "축하드려요! 정말 기쁘시겠어요." 기사가 하는 말들이 듣기 좋았다고는 할 수 없지만 상처가 되지도 않았다. 상처는 예상치 못한 것이 갑작스럽게 날아왔을 때나 받는 것이니까. 익숙한 것이 지나갈 때는 다치지 않는다. 따분할 뿐.

택시에서 내릴 때 가발에 꽂고 있던 머리 장식이 택시 천장에 걸려서 부러졌다. 동생이 핀 여러 개를 붙여서 만들어준 장식이었다. 나는 가발에 달린 꽃들이 떨어지지 않도록 조심했다.

우리는 곧바로 광장으로 갔다. 광장은 사람들로 가득 차 있었다. 워크숍 사람들과 광장에 서 있는 동안 비는 점점 더 거세졌다. 사람들은 우산을 쓰고 광장 중앙에 있는 메인 무대를 봤다. 그다지 흥겨운 분위기는 아니었다. 무대를 보는 것 말고는 별로 할 게 없었다. 나는 부스 쪽까지 걸어갔다가 다시 무대 앞으로 돌아왔다.

오후 네 시가 넘어 행진이 시작됐다. 시청 광장에서 시작해 을지로와 퇴계로를 지나 을지로 입구까지 가서 다시 광장으로 돌아오는 사 킬로미터 코스였다. 나는 일행과 행진 차량을 뒤따라갔다. 무지개 깃발을 꽂은 행진 차량은 총 아홉 대였다. 여러 인권 단체가 트럭 한 대씩을 맡아 행진 인파를 앞으로 이끌었다. 행진 트럭 위에 서는 단체 사람들이 춤을 추고, 그 뒤를 따라가는 몇 만 명의 사람들도 춤을 췄다. 그날 참가한 사람들의 수가 주최 측 추산으로는 칠만 명, 경찰 측 추산으로는 구천 명이라고 하는데 진실은 모르겠다. 어쨌든 내 눈에는 구천 명보다는 '좀' 많았다. 행진은 무척 재밌었다. 마침 비 도 그쳤다.

행진하는 사람들을 구경하는 것도 페스티벌의 재미 였다. 오늘을 위해 특별히 꾸민 사람들도 있었다. 옷이 나 소품에 무지개를 쓴 사람들이 많았는데 다들 웃고 있 어서 귀여워 보였다. 무지개만큼이나 꽃도 많이 보였다. 화관을 쓴 사람들이 지나갈 때마다 은은한 빛이 나는 것 같았다. 정말 예뻤다.

나는 꽃으로 장식한 내 머리가 자랑스러웠다. 나중 에 내가 찍힌 영상을 보니 엉덩이를 실룩대며 춤을 추고 있었다. 우스꽝스러운 꼴이었지만 행복해 보였다. 그 순 간에 나는 정말 행복했고, 그런 감정이 나를 춤추게 했 다. 실제로는 그렇지 않았지만 주변에 꽃잎이 흩날리고 있는 것 같았다(그때 찍힌 사진을 보면 꽃이라도 뿌리는 것처럼 손을 흔들며 웃고 있는데 행복보다는 약간의 광기가 느껴진다).

긴 행진이 끝났을 때는 온몸이 땀으로 젖어 있었다. 워크숍 일행 중 한 명인 'XC'(우리는 각자 드래그 네임을 지었다. 나는 '커니 비'였다)가 맥주를 건네줘서 한 모금 마셨다. 다들 지쳐서 잔디밭에 앉아 잠시 쉬는 시간을 가졌다.

쉬는 동안 몇 사람이 다가와 사진을 함께 찍어달라고 부탁했다. 내 인생에 처음 있는 일이었다. 속으로는 기뻤지만 수줍은 척하며 몇 장을 찍었다. 다른 일행들은 쉴 새 없이 촬영 요청을 받고 있었다.

우리는 한 시간 정도 지나서 광장을 떠났다. 곧바로 헤어지지 않고 처음 출발했던 장소로 돌아가기로 했다. 진하게 한 화장을 지우고, 옷도 갈아입기 위해서였다. 몇 사람씩 묶어서 택시를 탔는데 나는 박연선 씨와 나란히 뒷좌석에 앉아서 가게 됐다.

박연선 씨는 드래그 워크숍을 주최한 '햇빛서점'의 일원으로, 영상 기록을 담당했다. 연선 씨와 얘기를 나누다 보니 가라앉았던 흥분이 다시 올라와서 신나게 떠들었다. 주로 행진에 대한 얘기였다. 그런데 정신을 차려보니 내가 또 머리 장식에 대한 얘기를 하고 있었다.

나는 연선 씨에게 생화를 쓴 데 대한 죄책감을 털어

93

놓았다. 연선 씨는 약간 놀란 표정으로 "왜 그랬어요?" 하고 되물었다. 어떻게 그런 잔인한 짓을! 하는 얼굴이었다. 실제로 그렇게까지 말하지는 않았지만. 그 얼굴을 보니 다시 양심의 가책이 느껴졌다.

연선 씨를 처음 본 건 워크숍 이 주 차인가 삼 주 차 때였다. 그때 연선 씨는 서점 앞에서 고양이(서점에서 기르는 고양이는 아니었다. 잘은 몰라도 동네를 어슬렁거리며 사는 쪽일 듯하다)와 뭔가 커뮤니케이션을 하고 있었다. 연선 씨와 고양이 사이에 어떤 대화가 오가는 느낌이었는데 아주 조용한 대화였기 때문에 무슨 말이 오가고 있는지는 알 수 없었다.

연선 씨가 익숙하다는 듯 고양이와 조용히 대화하는 모습을 본 뒤로 나는 그에게 존경심 비슷한 것을 느끼고 있었다. 내가 어려워하는 일을 아무렇지도 않게 잘하는 사람을 보면 감탄하게 된다. 그 감탄을 바깥으로 꺼내놓는 일은 잘 없지만 말이다.

어쨌든 존경심 비슷한 것을 느끼던 사람에게 질타 아닌 질타를 받은 나는 택시 뒷좌석에서 부끄러움을 느끼면서 다시는 나를 장식하는 데 꽃을 쓰지 않겠다고 다짐했다. 그런 바보 같은 짓은 다시는 하지 말자.

페스티벌이 끝나고 몇 주가 흐른 뒤에 가발을 넣어 둔 신발 상자를 열어보니 장식으로 쓴 꽃송이가 바짝 말라 갈색으로 변해 있었다. 미라 같았다. 꽃송이를 꺼내 쓰레기통에 넣으면서 다시 한번 반성했다. 앞으로 이런 짓은 하지 않겠습니다. 나는 식물의 신에게 머리를 숙여 사과했다.

러브

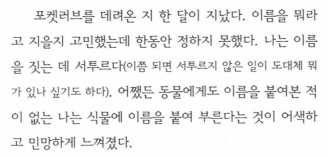

　포켓러브를 데려온 지 한 달이 지났다. 이름을 뭐라고 지을지 고민했는데 한동안 정하지 못했다. 나는 이름을 짓는 데 서투르다(이쯤 되면 서투르지 않은 일이 도대체 뭐가 있나 싶기도 하다). 어쨌든 동물에게도 이름을 붙여본 적이 없는 나는 식물에 이름을 붙여 부른다는 것이 어색하고 민망하게 느껴졌다.

　게다가 포켓러브라는 이름이 너무 완벽하다. 그 멋진 이름을 두고 따로 이름을 지을 필요가 있을까? 하지만 지내다 보니 포켓러브는 부르기에 조금 불편한 이름이었다. 입에 잘 붙지 않는다고 할까.

그래서 생각한 이름이 'PK'였다. 포켓러브보다는 간편한 호칭이다. 그런데 그 이름도 막상 입 밖으로는 잘 나오지 않았다. "오늘은 볕이 좋으니 나가볼까, 피케이?" "목마르니, 피케이?" 생각만 해도 느끼하다!

결국은 어영부영 지냈다. 트위터나 일기에 쓸 때는 그냥 포켓러브라고 쓰거나 식물이라고 했다. 아니면 화분이라고 하거나. 어차피 내 식물은 포켓러브 단 하나뿐이니 따로 구분 지을 필요가 없었다.

사실 처음에는 포켓러브에게 말을 거는 일도 없었다. 가끔 물을 주고, 며칠에 한 번씩 상태를 살피고, 평소에는 밖에 내놓았다가 날씨가 궂은 날에는 안에 들여놓고, 그런 일들을 무심하게 했을 뿐이다.

그런데 언제부턴가 포켓러브에게 한두 마디씩 말을 건네게 됐다. 처음에는 속으로 말했다. '흙이 좀 마른 것 같네. 물을 줘야 하나?' '오늘은 다른 날보다 좋아 보이네.' '앗, 새잎이 돋았잖아?' 그런 것들이었다. 시간이 지나면서는 속말이 입 밖으로 나오기 시작했다. "물 먹자"라든가 "밖에 나가자" 같은 말들이 자연스럽게 나왔다.

그러던 어느 날 나도 모르게 화분을 들고는 "나가자, 러브" 하고 말하는 것이었다.

러브.

포켓러브보다 발음하기 쉬우면서 원래 이름을 딱 반으로 줄인, 의도치 않게 애칭처럼 들리는 이름이다. 그날 이후로 포켓러브의 호칭은 러브가 되었다. 남 앞에서는 절대 그렇게 부르지 않지만.

러브는 참 조용하다. 식물은 참 조용한 생물이구나. 함께 살다 보니 자연스럽게 그런 생각이 든다. 소음에 민감한 나로서는 고맙기까지 하다. 소리에 쉽게 피로를 느끼는 편인 나는 음악을 틀어놓고 사는 사람들을 신기하게 생각한다. 가족이 거실에서 텔레비전을 보고 있을 때는 부엌에서 밥을 먹을 수가 없다. 텔레비전 소리를 들으면서 밥을 먹으면 소화가 되지 않는다.

이처럼 까다로운 나의 신경에 거슬리지 않는 건 역시 식물뿐이 아닐까. 살아 있는 것 중에서는 말이다. 그러고 보니 조용하고 예민한 사람이 식물을 좋아한다는 이미지가 있지 않나? 편견이겠지만 나에게는 맞는 얘기다. 게다가 나는 책도 좋아하니까 정말 편견에 딱 맞는 전형적인 인간 같기도 하다.

식물 기르기와 독서가 취미인 독신 여성. 보통은 혼

자 지내지만 가끔 친구들을 불러 차를 마신다. 초콜릿이나 쿠키 같은 단것을 좋아하고, 예민하고 까다로우며, 누군가가 옆에서 소동을 피우면 질색하지만 가십에는 눈을 반짝인다.

어릴 때 영미 소설에서 많이 본 캐릭터가 아닌가. 그런 캐릭터는 주로 나이가 지긋한 여성들이었다. 아직 그렇게까지 나이가 들지는 않았지만 이대로라면 영락없이 그런 할머니가 될 것이다. 옛날에는 그런 캐릭터를 보면 나이가 들면서 외로워져서일 거라고 생각했다. 하지만 지금의 나를 보면 그런 할머니는 젊을 때부터 이미 그런 사람이었을 것 같다.

그런 할머니가 되는 것도 나쁘지는 않겠다.

그때쯤이면 고양이를 기를 수 있을까? 이대로 나이가 든다면 아마 죽을 때까지 어렵겠지. 사람은 나이가 든다고 자연스럽게 성장하는 게 아니니까. 그렇다면 고양이 한 마리를 기를 수 있을 정도의 책임감과 경제력이 있는 인간이 되는 것을 삶의 목표로 삼아보면 어떨까.

화분을 살 때 가게 주인에게 들은 얘기로는 포켓러브가 매년 다시 살아나는 식물이라고 했다. 다년생이라던가. 내 포켓러브는 몇 년까지 살 수 있을까? 그 수명은 정해져 있을까, 아니면 내가 하기에 달려 있을까.

포켓러브가 오래 살 수 있도록 잘 돌보기. 우선은 그것을 삶의 목표로 삼아봐야겠다. 소소한 목표라 마음에 든다.

식물교 포교 활동

    며칠 비가 내린 뒤에 러브는 또 성큼 자랐다. 다녀올게. 현관 바로 앞에 있는 내 식물을 한 번 보고 나간다. 말 대신 눈 맞춤으로 하는 인사다.

    내가 가고 있는 곳은 낭독회다. 납량 특집 낭독회. 각자가 낭독회에서 같이 읽고 싶은 글을 하나씩 준비해 참여하는 방식이다. 평소의 나라면 가지 않을 자리다. 모르는 사람들이 있는 자리는 부담스럽다. 게다가 낭독이 있으니 귀찮기까지 하다. 초대를 받기는 했지만 가벼운 제의였으니 거절해도 괜찮았을 것이다.

    하지만 거절하지 않았다. 식물교가 되고 나서는 그

런 자리를 피하지 않게 되었다.

한번 가보자. 식물교라도 전파하고 오지 뭐.

그렇게 생각하면 사람들을 만나는 일이 덜 부담스럽게 느껴진다.

사실 나는 고립 상태다. 최근 일이 년 사이에 전업 작가가 되었고, 길었던 연애의 끝을 보았다. 오래 만나던 사람과 헤어지고 나서는 특별히 자주 만나는 사람 없이 집이나 동네 카페에서 글만 쓰는 생활을 하고 있었다. 식물교를 시작한 것은 그런 생활이 이어지던 때였다.

하루는 평소처럼 방에 혼자 앉아 있다가 문고리를 봤는데 '저기에 목을 매서 죽을 수도 있겠구나' 하는 생각이 들었다. 그냥 그렇게 세상에서 조용히 사라질 수 있을 것 같았다. 한없이 가라앉고 있는 기분이었다.

종교에 깊이 빠진 사람에게는 계기가 있을 거라고 생각한다. 행복한 사람이 갑자기 종교에 빠지는 일은 없지 않을까? 거리에서 종이로 만든 십자가를 들고 구원을 외치고 있는 사람이나 종교 전단을 나눠 주는 사람을 마주치면 '이 사람은 어떤 불행을 겪었을까?' 하고 생각하게 된다.

나 같은 경우는 이별이 계기였다. 거기에 고립된 생활

과 경제적 어려움이 맞물렸다. 우연히 본 전시에서 그렇게 깊은 감동을 느꼈던 건 내가 외로웠기 때문일 것이다.

식물교를 시작한 시기에 나는 고립감에서 벗어나기 위해 사람들을 만나기 시작했다. 두 가지 일을 비슷한 시기에 시작한 것이다. 하지만 둘 다 뚜렷하게 무슨 활동을 하는 것은 아니었다. 식물교가 느슨하게 식물을 사랑하는 일인 것처럼 사람을 만나는 일도 느슨하게 했다.

느슨하게 한다는 것은 예전보다 가능성을 조금 더 열어두는 정도로 관계에 대한 나의 태도를 바꿨다는 의미이다. 안 만나던 사람에게 갑자기 연락을 하거나, 새로운 모임에 가입하거나 하는 일은 할 수 없었다. 다만 사람을 만날 일이 생길 때 부러 피하지 않는 것, 낯선 사람에게 조금 더 마음을 열고 내 앞에 있는 사람이 어떤 사람인지 호기심을 가져보는 것, 그 정도의 일을 시작했다.

사람을 만나야 하는 일이 생겼을 때 도망가고 싶어지면 '식물교를 전하자' 하고 생각한다. 그러면 마음이 편해진다. 할 말이 없을 때는 식물 이야기를 하면 되니까.

식물은 정말 무난한 대화 주제다.

사람들은 생각보다 식물에 관심이 많다. 그런데 자신이 식물에 관심이 있다는 사실을 모르는 경우가 태반이다. 대화를 나누다 보면 사람들은 자신도 식물에 대해 꽤 할 말이 있다는 사실을 알게 된다. 그도 그럴 것이 누구나 식물에 둘러싸여 살고 있으니까.

얘기를 나누는 상대에 대해서도 조금은 알게 된다. 어떤 식물을 좋아하는지, 평소에 어떤 환경에서 생활하고 있는지, 주변에 어떤 사람이 있는지, 뭔가를 기르고 있는지 아니면 기르고 싶어 하는지…. 그런 식으로 얘기를 나누다 보면 대화가 끝도 없이 이어진다. 그런 대화는 즐겁다.

"식물교 하실래요?"

그런 식으로 가입을 권유하는 일은 거의 없다.

식물교 포교 활동의 목적은 회원 수를 늘리는 게 아니다. 사실 분명한 목적이랄 것도 없다. 굳이 얘기하자면 '식물을 사랑하는 사람을 발견하기'가 목적이라고 할까?

포교 활동을 하면 지구에 식물을 사랑하는 사람이 많다는 사실을 확인하게 된다. 다들 건조하게 살아가는 듯하지만 주변에 있는 식물의 영향을 받고 있다. 또 생각보다 많은 사람들이 자신 외의 존재를 바라보거나 돌보면서 지내고 있다.

사람들이 그렇게 살고 있다는 걸 새삼 알게 될 때마

다 조금씩 용기가 난다. 모두 흔들리지 않는 마음으로 앞으로 나아가고 있는데 나만 뒤처져서 작은 일을 오래 고민하고, 별것 아닌 일에 상처를 받으면서 바보처럼 살고 있는 것 같은 기분이 순간적으로나마 사라진다. 내가 느슨한 식물교 포교 활동을 하는 건 그런 이유 때문인 것 같다.

낭독회 자리는 역시 어색했다. 모르는 사람들과 탁자에 둘러앉는다는 사실만으로도 긴장이 된다. 앉아 있는 순서대로 돌아가면서 각자 가져온 글을 읽는다. 글을 가져온 이유도 설명해야 한다.

한참 만에 내 순서가 왔다. 나는 《랩걸》(여성 식물학자의 에세이로, 무척 재밌는 책이다)의 한 구절을 가져왔다. 글을 낭독하기 전에 가져온 이유부터 이야기했다.

"저는 사실 식물교를 전도하러 왔어요."

그 외에는 무슨 말을 했는지 전혀 기억이 나지 않는다. 사람들이 너그러운 미소를 지으면서 이야기를 들어줬다는 것밖에는.

그러고는 가져온 글을 읽었다. 추운 지방의 식물들이 혹한에 대비하는 법에 대해 쓴 부분이었다. 나무는 겨울을 견디는 법을 알고 있다. 봄을 기다릴 줄 안다. 식물의 강인함이 부럽다. 나도 힘든 시기를 묵묵히 견딜 줄 알면 좋을 텐데. 글을 읽으면서 그런 생각을 했다.

겨우 한 페이지 분량의 글을 다 읽고 다음 순서로 넘기려는데 한 사람이 "그게 끝이에요?" 하고 묻는다. 낭독회 장소인 대륙서점의 주인이었다. 출판사 주최로 열린 낭독회인데 서점을 장소로 빌린 듯했다.

대륙서점은 시장 안에 있는 서점이다. 따뜻한 분위기에, 책이 진열되어 있는 방식이 재밌는 곳이었다. 주인이 세심하게 고른 책을 은근히 권하는 느낌의 진열이었다. 친한 친구가 '이거 한번 읽어봐. 괜찮더라' 하고 건네주는 것 같아서 나도 한 권 사고 말았다.

서점은 젊은 부부가 운영하고 있는데 내게 질문한 쪽은 여자분이었다. 식물교에 들어가려면 어떻게 해야 하는지, 들어가면 어떤 활동을 하게 되는지 등의 질문을 받았다.

"가입은 저한테 말씀해주시면 되고, 활동은 따로 없어요. 그냥 각자의 일상에서 식물을 좋아하면 돼요."

"저희 남편도 식물을 좋아해요. 저기 있는 식물들도 전부 남편이 직접 사서 놓은 거예요."

그러고 보니 가게 곳곳에 식물이 있다. 벽 한쪽은 선반이 전부 식물로 채워져 있다. 그 식물들이 가게의 따뜻하고 편안한 분위기에 일조하고 있는 것 같았다. 모두 건강해 보인다.

책장 사이에는 어항도 있다. 작은 열대어들이 사는 어항이다. 물이 정말 깨끗했다. 사람들은 서점에 들어오거나 나가면서 한 번씩은 그 어항을 물끄러미 들여다봤다.

"식물교에 관심이 있으신 분은 저에게 말씀해주세요."

나는 마지막으로 가입 권유 멘트를 하고 나서 다음 사람에게로 낭독 순서를 넘겼다.

결국 그날 낭독회에 온 사람들 중에서 식물교에 들어오겠다는 사람은 아무도 없었다. 당연한 결과다. 그렇게 어설픈 포교 활동으로 누구를 낚을 수 있을까.

그래도 방에 혼자 있는 것보다는 나았을 거라고 생각하면서 혼자 집으로 돌아오는데, 조금 쓸쓸해졌다. 아, 역시 이런 일로는 고립에서 탈출할 수 없어. 그렇지만 당장은 별수가 없다. 나는 지금 겨울의 시간을 지나고 있다. 봄이 올 때까지 몸을 움츠리고 기다리자. 그때까지

이상해지지 말고 건강하게 살아남자고, 요즘 자주 하는
다짐을 했다.

보태니컬 가든

　은아 언니에게 '보태니컬 가든botanical garden'이라는 말을 처음 들었다. 언니는 미국에서 일 년 정도 지내다가 잠깐 한국에 들어왔다. 내가 보태니컬 가든이 어떤 거냐고 묻자 언니는 자기도 잘 모르겠다고 했다.

　"커다란 공원 같은 건데, 그게 곳곳에 있었어. 처음에 한 곳을 갔는데 느낌이 좋아서 그 후로는 그게 보이면 기회가 될 때마다 들렀어."

　언니와 나는 '보태니컬 가든'을 검색했다.

　뜻은 식물원이었다.

　우리는 웃었다.

"신기하다. 내가 여기서 식물 투어를 하고 있을 때 언니도 거기에서 같은 걸 하고 있었던 거잖아."

"그러네."

나는 미국의 식물원은 어떤지 물었다.

"내가 보태니컬 가든이 식물원인 줄 몰랐던 게, 사람이 많아서였어. 우리나라 식물원은 좀 한산하잖아. 그런데 거기는 유명한 관광지처럼 사람이 많아. 그래서 보태니컬 가든이란 게 관광 명소인줄 알았어."

그렇구나. 미국에는 엄청나게 많은 보태니컬 가든이 있을 테고, 모든 보태니컬 가든이 북적거리지는 않겠지만 그래도 우리나라의 식물원과는 분위기가 다른 것 같다.

한참 식물원 이야기를 하다가 언니가 봄에 봤던 전시 이야기를 꺼냈다. 밀워키 미술관Milwaukee Art Museum에서 열린 전시였다. 별 정보도 없이 전시실에 들어갔는데 향기가 확 풍겼다고 한다. 꽃 향기였다.

전시실 가운데에 식물이 있었다.

알고 보니 작가와 플로리스트가 함께 참여한 전시였다. 전시실마다 작가의 대표 작품이 하나씩 있고, 플로리스트가 그 작품에서 받은 영감으로 또 다른 작품을 만드는 기획이었다.

언니가 핸드폰으로 찍은 작품 사진들을 보여줬다. 정말 그림과 식물이 묘하게 서로 통하는 느낌이었다. 그림의 형태나 구조, 색채 등을 식물로 멋지게 표현했다. 자유롭고 풍성한 분위기였다. 에너지가 느껴졌다.

전시실에서 음악가들이 연주도 했다. 그것도 기획의 일부였다. 전시를 보러 온 여자아이 하나가 음악을 듣고 흥이 나서 춤을 췄다. 그 순간이 인상적이었다고 언니가 말했다. 그림들, 꽃에서 풍기는 향기, 음악, 아이의 춤, 사람들의 미소, 그런 것들이 어우러진 멋진 전시였다.

우리는 그런 이야기를 하며 핫케이크를 먹었다.

우리가 앉아 있는 카페에도 곳곳에 식물이 있었다.

내가 관심이 생겨서이기도 하겠지만, 요즘 들어 식물을 테마로 한 카페가 늘어난 느낌이다. 테마로 삼지는 않더라도 공간을 꾸미는 데 식물을 많이 활용하는 것 같다.

그날 우리가 간 카페에도 식물이 많았다. 주인이 하나하나 신경 써서 놓아둔 느낌이었다.

우리는 식물을 보면서 식물 이야기를 계속했다.

그날 언니가 해준 마지막 식물 이야기는 이런 것이었다.

"내 동생이 프랜차이즈 카페에서 아르바이트를 했었어. 이 층이었는데 바로 앞에 커다란 벚나무가 있었지. 봄만 되면 나무에 꽃이 흐드러지게 펴서 손님들도 좋아하고 내 동생도 일하다가 한 번씩 벚꽃을 보는 게 즐거움이었대. 그런데 나무에 그렇게 꽃이 피면 간판이 가려졌던 거야. 사람들은 그 나무를 좋아했지만 사장은 스트레스를 엄청 받았지. 그래서 사장이 어떻게 했냐면, 밤마다 몰래 나무뿌리에 약을 뿌렸어. 천천히 그 나무를 죽인 거야. 그랬더니 어느 해부터는 꽃이 안 피더래."

식물교로서 분개할 만한 이야기다.

하지만 사장의 마음도 이해가 간다.

아름다운 벚꽃을 그저 감상할 수만은 없는 마음.

그래도 의문은 생긴다. 봄마다 꽃이 멋지게 피는 나무가 있는 쪽이 매상에 더 도움이 되지 않으려나? 게다가 벚꽃이 만개하는 건 그래봐야 이 주 정도일 텐데.

가게 사정이 퍽 안 좋았던 모양이다. 나무가 꽃을 피우지 않게 된 뒤에도 사장의 초조한 마음은 그대로였을 것 같아 안타까운 마음이 든다. 조금은 슬프고 조금은 웃긴 이야기다.

샐러드

식물교라서 그런 건 아니지만 풀을 먹는 것을 좋아한다.

내가 어릴 때 우리 집에서는 생야채가 식탁에 올라오는 일이 거의 없었다. 고기를 먹을 때 쌈 야채가 올라오는 정도가 다였다. 그래서 신선한 야채를 먹는 일을 더 특별하게 여기게 된 것 같기도 하다.

엄마가 이런 말을 들으면 '너희 이 씨들이 다 육식파라서 그런 거지, 난 야채를 좋아해'라고 할 것이다. 실제로 그렇기도 하다. 야채를 좋아하긴 하지만 일주일에 한두 번은 꼭 고기를 먹어야 한다. 고기를 먹지 못하면 힘이 없고 어지럽기까지 하다.

　고로 내가 가장 좋아하는 식사는 야채와 고기를 한 접시에 놓고 먹는 것이다. 소고기는 살짝 굽고, 야채는 씻어서 물기를 뺀다. 야채는 그때그때 먹고 싶거나 냉장고에 있는 것을 먹는다.

　보통은 양상추와 양배추, 오이를 섞어 먹는다. 달걀 프라이도 항상 같이 먹는다. 달걀 프라이는 익힐 때 노른자를 살짝 휘젓는 것을 좋아하는데, 노른자를 그대로 둔 달걀 프라이를 먹을 때도 있다. 소금은 아주 살짝만 뿌린다.

　샐러드는 소스 없이 먹을 때가 많다. 밖에서 먹는 양념된 음식에 질려서다. 생야채가 비리게 느껴지는 날에는 작은 그릇에 시저 드레싱이나 머스터드소스를 따로 놓고 찍어 먹는다.

　요즘은 일본식 선술집 등에서 소스가 묻지 않은 야채를 간장에 살짝 찍어 조금씩 먹는 것도 좋아하게 됐다. 부담스럽지 않은 안주다.

　예전에도 야채를 좋아하는 편이기는 했지만 이 정도로 야채를 좋아하게 된 것은 올해부터다. 난 아니라고 생각하지만 어쩌면 식물교와 상관이 있을지도 모르겠다.

식물의 신이 내 무의식을 조종하고 있다든지…. 하지만 내가 식물을 많이 먹는다고 해서 식물의 신에게 이로울 것은 없다.

생각해보면 내가 야채를 좋아하게 된 데에는 개연성이 있는 것 같기도 하다. 작년에 위 건강이 나빠져서 몇 달간 크게 고생을 했는데, 회복하는 데 일 년 가까이 걸렸다. 위 건강을 회복하고 안정기에 들어선 후부터 한 번씩 야채가 엄청나게 당기게 됐다.

야채가 당기는 날은 정말 코끼리처럼 먹는다.

슈퍼에서 양배추 반 통과 양상추 한 통, 오이 한 묶음을 사 와서 씻고 다듬는다. 그럴 때면 서브웨이에서 아르바이트를 하는 것이 내 천직은 아닐까 하는 생각도 든다(하지만 복잡한 주문을 소화할 자신이 없어서 빠르게 생각을 접는다).

야채 오천 원어치는 그 양이 정말 많다. 우리 집에서 생야채를 일부러 먹는 사람은 나밖에 없어서 항상 삼분의 일 정도는 상해서 버리게 된다. 야채를 산 첫날에 많이 먹어야 나중에 버리는 양을 줄일 수 있다.

그런 생각을 하면서 야채를 쌓아놓고 실컷 먹는다. 최근에는 참소스에 찍어 먹는 맛을 알게 됐다. 분짜를 먹는 것 같은 기분이 들어서 좋다.

올해 빠진 것 중 하나가 베트남 음식이다. 베트남 음식에는 신선한 야채가 많이 들어간다. 스프링롤도 물론 좋고, 쌀국수에 야채를 한가득 넣어서 먹는 것도 너무 좋다. 월남쌈은 집에서 자주 해 먹는다. 집에 라이스페이퍼를 몇 봉지나 쟁여놓았다.

분짜는 돼지고기가 들어간 튀김을 야채랑 같이 피쉬 소스에 찍어 먹는 그 맛과 기분이 진짜 황홀하다. 숯불 향이 나는 고기와 싸 먹으면 제일 좋은데 최근에는 분짜가 그렇게 나오는 식당에 가보지 못했다.

베트남 음식점 '안Ahn'에서는 비빔국수(라고 부르는데 분짜와 같은 음식이다)에 허브 향이 나는 야채가 들어 있는데 뭔지는 몰라도 씹을 때마다 입안에 향이 퍼진다. 민트 같기도 하고 레몬 같기도 한 향이다. 레몬그라스일까.

이렇게 써놓으니 생야채파인 것 같지만 꼭 그렇지도 않다. 식당에서는 소스를 뿌린 샐러드도 맛있게 먹는다. 학동역 근처에 있는 '5B2F'에서 파는 홈메이드 샐러드(마늘을 싫어하는데 이 샐러드에 들어 있는 구운 마늘은 맛있게 먹을 수 있다. 그리고 소스가 정말 맛있다!)도 좋아하고, '카페 마마스'의 리코타 치즈 샐러드(그 부드러운 치즈와 크랜베리! 집에서 만들어봤다가 무참히 실패한 적이 있다)도 좋아한다.

같은 식물교인 혜 언니의 집에서 먹는 샐러드도 아주 좋다. 혜 언니의 집에는 항상 올리브유와 발사믹 드레싱이 있어서 빵을 가지고 놀러 가면 샐러드와 함께 먹을 수 있다(혜 언니는 남을 잘 먹이는 사람이다. 집에 놀러 가면 음식이 끝없이 나온다. 중간에 "이제 정말 괜찮아!"라고 외치지 않으면 열 가지가 넘는 음식을 먹게 된다).

연희문학창작촌에서 지낼 때 옆방 선생님이 만들어 주셨던 샐러드도 기억에 남아 있다. 퀴노아와 토마토, 오렌지, 채소, 달걀을 올리브유에 버무린 샐러드가 예쁜 접시에 담겨 있었다. 신선하고 맛있는 진짜 홈메이드 샐러드였다. 반쯤 남겨서 냉장고에 넣어뒀다가 저녁에 흑맥주와 먹었는데 좋은 식사였다.

해가 갈수록 밖에서 먹는 음식에 시큰둥해지고 있지만 샐러드에 있어서는 마음이 다르다. 남이 만들어준 진짜 맛있는 샐러드를 가능한 한 많이 먹어보고 싶다. 세상에는 내가 모르는 샐러드가 무궁무진할 것이다. 어떤 야채를 쓰는지, 야채를 어떻게 조리하는지, 썰기를 어떻게 하는지, 소스는 뭘 쓰는지, 함께 먹는 것(혹은 마시는 것)은 무엇인지에 따라 샐러드는 달라진다.

그야말로 종류가 무한대인 음식이다. 천 가지 정도
는 먹어보고 죽고 싶지만 그러려면 샐러드에 인생을 바
쳐야겠지. 샐러드 광인의 삶도 그리 나쁘지 않을지도.

분갈이

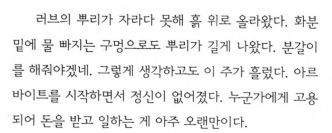

러브의 뿌리가 자라다 못해 흙 위로 올라왔다. 화분 밑에 물 빠지는 구멍으로도 뿌리가 길게 나왔다. 분갈이를 해줘야겠네. 그렇게 생각하고도 이 주가 흘렀다. 아르바이트를 시작하면서 정신이 없어졌다. 누군가에게 고용되어 돈을 받고 일하는 게 아주 오랜만이다.

작년 2월에 이백만 원 남짓한 돈이 통장에 들어왔다. 겨울 한 철 동안 일한 돈이었다. 그게 내가 마지막으로 받은 급여다. 그때 나에게 일을 준 사람과는 어색한 사이가 됐다. 몇 년이나 알고 지내던 사람인데 힘든 시기에 같이 일을 하다가 서운함이 쌓여서 관계가 틀어졌다. 지금 생각하면 고마운 것도 많은데 그때는 매일 야 근을 하고 두 시간 반이 걸려 집으로 돌아오는 생활에 지쳐서 마음에 여유가 없었다. 계약 기간이 끝난 뒤 꼬 리를 자르듯 그곳에서 도망쳐 나온 후로 그 사람과도 거 의 연락하지 않게 되었다.

돌아보면 그 사람이나 그 일에 지쳤던 것이 아니라, 지난 십 년 동안의 임시직 생활에 질렸던 것 같다.

나는 여의도에 있는 고등학교에 다녔는데, 방과 후 만 되면 인력이 급히 필요한 방송국 사람들(아마도 막내 작 가들이었던 것 같다)이 학교 앞에서 기다렸다가 방청객으로 일할 사람을 모집해 갔다. 항상 용돈이 부족했던 나는 자주 방청객을 했다. 방송국에 가서 세 시간 동안 연예 인을 보며 웃다가 나오는 일을 하면 육천 원에서 만 원 정도를 벌 수 있었다. 햄버거 세트 하나를 사 먹으면 없 어지는 돈이었다.

초등학교와 중학교 때는 전단 아르바이트를 가끔 했 다. 한 건에 만 원 정도를 버는 일이었다. 그 일을 구하 는 방법은 이렇다. 홍보가 필요해 보이는 곳(예를 들면 동 네에 새로 문을 연 헬스클럽)에 가서 문을 두드린다. 사람이 나오면 "전단 돌릴 사람 안 필요하세요?" 하고 묻는다.

부동산 문을 두드려서 일을 소개받기도 했다. 친구들과 전단을 돌리다가 다 돌리지 못하고 남으면 놀이터에 가서 땅에 묻었다. 우리를 믿고 일을 맡겨준 사장님들에게는 미안하지만, 어린애들을 쓰고 최저임금도 안 되는 돈을 줬으니 잘못하기는 도긴개긴이다.

대학 때는 식당과 편의점, 옷가게, 백화점을 전전하며 돈을 벌었다. 휴학 기간에는 편의점 한곳을 오래 다녔는데, 하루 열두 시간씩 서서 일했다. 공장이나 공사판에 나가는 친구들도 있었으니 내 경우가 특별히 나쁜 편은 아니었다. 게다가 휴학 기간에 번 돈은 한 학기 등록금을 빼고는 전부 노는 데 썼다. 음악 페스티벌도 가고, 여행도 가고, 읽고 싶은 책도 실컷 사 읽었으니 그때가 내 인생에서 가장 풍요로웠던 시절 같기도 하다.

대학을 졸업해서는 단기 계약직을 전전했다. 2개월, 4개월, 6개월, 8개월 단위의 계약을 반복하다 보니 어느새 내 목표가 '이 년 계약'이 되어 있었다. 그때 내 나이는 스물아홉이었다. 그동안 단기 계약으로 했던 일들은 제대로 된 경력으로 인정되지 않았다. 아르바이트라기에는 하는 일이 많고, 직원이라기에는 아무 권한도 없는 단기 계약직 생활로 이십 대가 허무하게 지나갔다는 생각이 들었다.

　단기 계약직에서 이 년 계약직이 된다고 뭐가 바뀔까? 2개월이 이 년이 되는 것뿐, 내 자리가 불안정하기는 마찬가지다. 쓰고 버린다. 내가 보기에는 그게 회사가 계약직을 대하는 태도였다.

　급할 때 쓰고 버리는 사람이니 일을 제대로 가르치지 않는다. 계약직들은 일을 스스로 배워서 한다. 사업하나가 끝나면 사람도 버린다. 계약직들은 사업을 무사히 끝내야 한다는 책임을 떠맡고 격무에 시달린다. 다음 계약까지 버텨야 다시 계약할 수 있다. 정규직 전환은 보장되지 않는다. 단기 계약직이나 이 년 계약직이나 그런 구조에서 일하기는 마찬가지다.

　내가 꼬리를 자르고 도망쳐 나온 것은 그런 생활을 삼십 대에도 지속할 자신이 없어서였다. 삼십 대의 이년 계약직 여성. 나는 이십 대 내내 그런 사람들을 보며 일했다. 그렇게 사는 것이 불행해 보여서가 아니라, 그런 삶이 비교적 운이 좋은 경우(그들은 모두 좋은 대학을 나왔고, 석사 학위가 있거나 야간 대학원에 다니고 있었다. 유능하고 성실하며 성격까지 좋았다)라는 사실 때문에 나는 계약직 생활을 그만두었다.

더 미루지 말고 분갈이를 해야지. 분갈이하는 법을 몰라서 아빠가 집에 오기를 기다렸다. 마침 아빠가 다른 날보다 일찍 들어와서 해가 지기 전에 일을 시작했다.

일요일이었다. 아빠는 공구 상가에서 호스를 제조하는 일을 하는데 쉬는 날이 하루도 없다. 지난번에는 아빠가 집에 있기에 "웬일로 가게에 안 나갔어?" 하고 물었더니 상가에 전기가 나갔단다. 전기가 나가야 일을 안하는 아빠는 그날 오후 결국 손님의 호출을 받고 나갔다. 삼천 원짜리 물건을 팔러 말이다. 그날은 일요일이었다. 그렇게 부지런한 사람 밑에서 어떻게 나처럼 게으른게 나왔나 싶다.

아빠는 목장갑을 끼고 분갈이를 척척 해나갔다. 러브에게는 이번이 두 번째 분갈이다. 첫 번째 분갈이는 나도 모르는 사이에 엄마가 해두었다. 고마운 일이지만 기념할 기회를 놓쳐서 아쉬웠다. 아이가 생애 처음으로 체육대회에서 달리기를 하는데 못 보고 놓친 것 같다고나 할까. 그래서 이번에는 꼭 내가 분갈이를 하겠다고 마음먹고 있었다.

하지만 이번에도 글렀다. 내가 끼어들 틈이 없다. 이번에 잘 보고 배워서 다음에는 내가 해봐야지. 그렇게

생각하며 아빠가 능숙한 동작으로 분갈이하는 모습을 지
켜봤다.

　　화분 아래를 톡톡 친다. 그런 다음 화분을 살짝 주무른
다. 그랬더니 식물이 흙과 한 덩어리로 툭 떨어졌다. 그
러고는 새로운 화분에 흙을 채울 줄 알았는데(옥상에 흙은
얼마든지 있다) 아빠가 바크bark를 가져오라고 한다. 난 기
르기가 취미인 큰아버지가 바크를 한 봉지 주셨는데 그
걸 말하는 것이었다. 바크는 나무껍질인데 난을 기를 때
흙 대신 쓰기도 하는 모양이다.

　　"흙은 안 넣고?"

　　"흙은 안 돼."

　　나는 여태껏 화분이 흙으로 차 있는 줄 알았다.

　　"이게 흙이 아니야?"

　　위쪽의 푹신한 부분을 누르며 물어봤다.

　　"그건 이끼야."

　　"그럼 이건 뭔데?"

　　"그건 뿌리."

　　이게 다 뿌리라니. 화분에서 빠져나온 덩어리는 반
은 러브의 가지, 반은 뿌리였던 것이다. 뿌리는 아주 옅
은 갈색이었다. 다 말라 있었다.

집으로 내려가서 바크를 가져왔다. 그 사이에 아빠는 나무껍질을 손으로 부수고 있었다. 바크가 모자라서 옥상에 있는 나무껍질을 쓰려는 거라고 했다.

새 화분에 잘게 부순 나무껍질을 깔고 러브를 넣었다. 그런 다음 화분의 빈 부분에 바크를 넣어서 채웠다. 위쪽도 나무껍질로 덮었다.

분갈이가 끝났다.

식물에게 분갈이는 집을 바꾸는 것이구나.

머무는 곳을 바꾸는 일을 분갈이라고 한다면, 나도 분갈이를 꽤 여러 번 했다. 집도 직장도 여러 번 옮겨 다녔으니 말이다.

식물은 몸집을 보면 알 수 있다. 몸집에 비해 화분이 작아 보이면 분갈이할 때가 된 것이다. 내 생각에는 사람도 때마다 분갈이가 필요하다. 그렇다면 사람은 무엇을 보고 분갈이할 때를 알까?

나 같은 경우에는 마음을 보고 알았다. 뿌리가 자라다 못해 흙 위로 올라오는 것처럼 마음이 제자리에 머물지 못하고 자꾸 밖으로 삐져나올 때 있는 곳을 옮겨야겠다고 결심하게 된다. 하지만 당장 옮길 화분이 없을 때

125

는 어떻게 해야 할까? 분갈이할 때가 지났는데 옮길 화분을 찾지 못해 비좁은 화분에서 견디고 있는 사람들을 나는 여럿 알고 있다.

열악한 업무 환경에서 몇 년이나 버티던 내 친구는 미칠 지경이 되어 심리 상담을 받으러 갔다가 "왜 일을 그만두지 않으세요?"라는 질문을 받고 눈물을 펑펑 쏟았다고 한다. 그러게, 내가 왜 일을 그만두지 않지?

그만두지 못한 이유는 분명히 있었다. 그중 가장 큰 이유는 이직에 대한 두려움 때문이었다. '다른 데로 간다고 더 나을까?' '다른 일을 할 수는 있을까?'

그 친구는 상담을 받은 다음 날 사직서를 냈다. 발리로 여행을 다녀와 지금은 영어와 수영을 배우며 직업훈련을 받고 있다.

"그만두니 좀 나아?" 그동안 너무 힘들었다는 친구에게 물으니,

"훨씬 낫지. 거기서 나오니까 마음이 너무 편안해"라는 대답이 돌아왔다.

그 얘기를 들으니 예전 직장에 다닐 때가 생각났다. 두통이 심해서 잠도 못 자고, 밥을 먹으면 위에 경련이 일어나서 아무것도 못 먹을 지경이 되었을 때, 계속 있

다가는 정말 죽겠다는 생각이 들었다. 하지만 그런 생각이 들고도 몇 달이 더 지나서야 일을 그만뒀다.

이러다가 정말 죽겠다. 그 생각이 들었을 때는 이미 분갈이를 할 때가 지난 것이다. 마음이 화분 밖으로 삐져나오기 시작할 때 우리는 분갈이를 해야 한다.

다른 직장으로 옮기는 일만이 분갈이는 아니다. 잠시 쉬는 것. 그것도 좋은 분갈이다.

지난여름에 나는 행복했다. 오전 열한 시에 일어나 천천히 아침 겸 점심을 먹은 뒤 카페에 가서 글을 쓴다. 오후까지 글을 쓰다가 출출해지면 집에서 한 시간 정도 걸리는 '사이공리(베트남식 샌드위치 '반미'를 파는 곳인데, 나에게는 세계에서 최고로 맛있는 집이다)'에 가서 반미를 포장해 온다. 집에 가서 반미 하나와 바나나우유(반미와 먹으면 천국을 볼 수 있는 조합이다)를 먹고 좀 쉬다가 공원에 가서 달리기를 한다. 집으로 돌아와서 책을 읽고 일기를 쓴 뒤 잔다. 그것이 지난여름 나의 일상이었다.

하지만 마음 한편에는 불안감이 있었다. 일 년 넘게 일을 쉬자 점점 자신감이 없어졌다. 내가 다시 일을 할 수 있을까? 경력 없는 서른 살 여자가 일할 곳을 찾기는

125

쉽지 않았다. 계좌 잔액은 몇 달째 바닥이었고, 핸드폰 요금이 계속 밀렸다. 가끔 들어오는 고료와 엄마에게 받는 용돈으로 버티고 있었지만 그것도 한계였다.

가을이 되자 위기감이 절정에 달했다. '알바몬'을 보는 것이 취미가 될 무렵, 아르바이트 공고 하나가 눈에 들어왔다. 연희동에 있는 LP바에서 일할 사람을 찾는다는 공고였다. 연희동은 연희문학창작촌에 있을 때 잠깐 지낸 뒤로 좋아하는 동네가 됐다. 사장님과 통화를 하는데 느낌이 좋았다.

가게에 면접을 보러 들어가 사장님과 눈이 마주친 순간 합격이라는 걸 직감했다. 여긴 내가 머무르는 것을 허락하는 곳이구나. 사장님은 오늘부터 일을 해보라고 했다. 그렇게 그날부터 일을 시작했다. 그곳이 내 새 화분이 되었다.

이 화분이 비좁아질 날도 올 것이다. 동네의 작은 바가 오래 머물 수 있는 화분이 아니라는 것을 나도 안다. 언젠가 내가 오래 머물 수 있는 화분을 찾을 날이 올까? 분갈이를 다시 하지 않아도 될 만큼 넉넉한 크기의 화분으로 몸을 옮길 날도 있을까?

행운목

　일하는 가게에는 행운목 화분이 하나 있다. 개업 선물로 받은 것이라고 한다. 가게는 개업한 지 일 년이 안되었다. 행운목의 크기를 보면 가게보다 나이가 많을 듯하다. 키는 내 가슴께까지 온다.

　일한 지 얼마 안 되었을 때, 사장님은 궁금한 것 세 가지를 물어보라고 했다. 오늘만은 뭐든지 대답해주겠다고. 나는 가게 입구에 있는 식물에 대해 물었다. 그때는 그게 행운목인 줄도 몰랐다.

　"저 화분, 물은 주세요?"

　가게에서 일한 첫날부터 그것이 몹시 신경 쓰였다.

사장님은 "안 줘" 하고 말했다. 관리하기 귀찮아서 죽기를 기다리고 있다고. 선물로 받은 것이라 그냥 버리기는 좀 그래서 죽으면 버리려고 기다리고 있다는 얘기였다.

그날부터 그 화분이 더 신경 쓰였다. 나는 호시탐탐 행운목에 물을 줄 기회를 노렸다. 사장님이나 다른 사람들이 있을 때 물을 주면 대놓고 사장의 뜻을 거스르거나 유난을 떠는 것처럼 보일 수도 있어서 혼자 있을 때 몰래 물을 줄 생각이었다.

며칠 뒤 드디어 기회가 왔다. 사장이 자리를 비우고 다른 사람들은 주방에 있는 틈을 타서 큰 컵에 물을 받아 화분에 부었다. 가게에 CCTV가 있다고 했던가? 하지만 별일이 있지 않는 한 CCTV 영상을 돌려보는 일은 없을 것이다.

행운목은 물을 자주 주지 않아도 되는 식물이다. 한번 물을 줬으니 당분간은 괜찮겠지. 마음이 좀 가벼워졌다. 내가 있는 동안만이라도 살아주었으면 하는 마음이었다.

그 뒤로 며칠이 흘렀다.

손님이 없는 시간이었는데 밖에 나갔다 들어온 사장님이 작은 생수 한 병을 행운목 화분에 부었다.

"물을 주시네요? 죽일 거라면서요."

다른 아르바이트생이 그 모습을 보고 물었다.

"죽이는 건 좀 그런 것 같아서. 그냥 살게 두려고."

그 말을 들으니 마음이 밝아졌다. 다행이었다.

시간이 흐르면서 낯설기만 하던 가게 사람들도 조금씩 편해졌다. 다들 은근히 정이 많다. 동네의 작은 바이지만 다양한 사람들이 온다. 많은 사람들이 조금씩은 외로움을 느끼며 살고 있다는 걸 새삼 느끼고 있다.

아침 일찍 일어나 평소처럼 출근해서 종일 일을 하고, 퇴근하고 저녁을 먹고, 바에 들러 한잔한다. 집에 갈 시간이 되면 술을 마시던 사람의 얼굴이 약간 쓸쓸해진다. 집에 가서 잠을 자고 일어나면 또다시 비슷한 하루가 기다리고 있다.

얼마나 많은 사람에 둘러싸여 살아가든, 하루에 몇 명의 사람을 만나 어떤 이야기를 나누든, 소중한 사람이 옆에 있든 없든, 우리는 얼마씩은 혼자다. 손님이 나가는 뒷모습을 보며 그런 생각을 한다.

입구이자 출구인 문 옆에는 오늘도 행운목 화분이 있다. 행운목 화분에 눈길을 주는 사람은 없다. 하지만 화분이 사라지면 빈 자리가 도드라져 보일 것이다. "여기 원래 뭐가 있지 않았나요?" 하고 묻는 사람도 있을 것 같다.

우리는 잠시 동안 어떤 자리에 머문다. 머물면서 주변에 있는 것들과 관계를 맺는다. 사람들, 동식물들, 또는 사물들과도.

내가 일을 그만둬도 가게는 똑같이 흘러갈 것이다. 자주 오던 손님 중에는 내가 없어졌다는 걸 눈치채는 사람이 있을지도 모르지만 딱히 서운해하지는 않을 것 같다.

그 사실이 쓸쓸하게 느껴지지는 않는다. 임시로 머물렀다가 떠나고 또 다른 장소로 옮겨가면서 누군가와 가까워졌다가 멀어지는 일. 살아가면서 누구나 겪는 그런 일을 이제는 받아들일 수 있을 것 같다.

우리는 살면서 마주치는 것들과 마음을 주고받으며 관계를 맺는다. 세상을 빙빙 돌면서 다른 존재들과 눈을 마주친다. 언젠가 멀어진다고 해서 눈을 마주쳤던 순간의 의미까지 없어지는 것은 아니다.

행운목은 오늘도 시들지 않고 살아 있다.

일을 하다 한 번씩 행운목과 눈을 마주치는 순간에 나는 그와 내가 이어져 있음을 느낀다. 그 느낌은 시간이 많이 흘러도 기억이 날 것 같다. 그렇게 사소한 좋은 기억들이 때로는 살아갈 힘을 준다. 그런 기억들이 모여 행복한 삶을 이루는 게 아닐까. 삶이 그렇게 단순하지는 않겠지만.

식물을 죽이는 사람들

얼마 전, 트위터에 '플랜트 킬러plant killer'에 대한 이야기가 올라왔다(플랜트 킬러란 '식물 죽이기 전문가'라고 한다).

당신은 어떤 유형의 플랜트 킬러입니까?

식물 좀 죽여본 분들의 참여를 기다립니다.

그런 말이 덧붙여져 있었다.

— 무화과나무 죽임 (1급)

— 바질 죽임 (2급)

— 선인장 죽임 (3급)

— 다육이 죽임 (4급)

하루쯤 지나 투표 결과가 올라왔다. 투표에 참여한 사람이 무려 이천 명이 넘었다. 이렇게나 많은 사람들이 식물을 죽이고 있었다니!

1급은 5퍼센트, 2급은 17퍼센트, 3급은 43퍼센트, 4급은 35퍼센트.

선인장이나 다육이를 죽인 사람이 가장 많다. 아무래도 무화과나무나 바질은 기르기를 시도한 사람 자체가 적을 듯하다. 어쨌든 충격적이면서도 흥미로운 결과다.

사람들을 만나서 식물 이야기를 하다 보면(이제 내가 식물교라는 사실을 알 사람은 다 안다. 그렇다고 맨날 식물 이야기만 하는 건 아니다. 정말이다) 식물을 죽인 이야기를 자주 듣게 된다.

"전 선인장도 죽여봤어요."

보통은 둘 중 하나다. 선인장을 죽였거나, 다육이를 죽였거나. 사람들은 부끄러운 고백을 하는 투로 그런 얘기를 한다. 그런 얘기를 자주 듣다 보니 선인장과 다육이는 알려진 것과 다르게 사실 기르기 어려운 식물이 아닐까 하는 생각까지 든다.

내가 식물 기르기를 계속 꺼렸던 것도 웬만해서는

133

죽지 않는다는 식물을 죽였다는 사람들의 얘기를 꾸준히 들어서였던 것 같다. 길러보지 않았으니 진위는 모르겠다. 선인장이나 다육이가 정말 기르기 쉬운 식물인지 아닌지.

하지만 식물을 죽인 사람들의 이야기를 들어보면 공통적으로 '방치'라는 말이 나온다. 잘 안 죽는다고 해서 신경을 별로 안 썼더니 말라 죽었다는 것이다. 이쯤 되면 쯧쯧, 하고 혀를 찰 타이밍인지도 모르겠으나 어느 정도는 이해가 간다.

눈에 보이는 곳에 식물을 두고 싶다는 마음이 든다. 하지만 잘 돌볼 자신은 없다. 바쁘고 정신없는 나날을 보내고 있는 데다 식물을 길러본 경험이 별로 없으니까. 그래서 잘 안 죽는다는 식물을 산다. 작고 귀엽고 구하기 쉬운 식물 하나. 사면서 기분도 좋았을 테고, 며칠은 흐뭇하게 바라보기도 했을 것이다.

그러다가 시간이 지나면서 식물을 점점 잊는다. 문득 '아, 물을 한번 주기는 해야 하는데' 하는 생각이 들지만 바쁜 일들에 치여 금방 또 잊어버린다. 그러다 겨우 짬이 나서 화분을 보면 식물이 아직 살아 있다. 아무 변화도 없어 보인다. '아직은 괜찮군.' 안심하고 또 한동안

방치한다.

그렇게 한 달이 가고 두 달이 간다. 그리고 어느 날 문득 화분을 본다. 오랜만의 휴일이라 물을 줄 생각이 난 것이다. 그런데 웬만해서는 죽지 않는다는 식물이 말라 죽어 있다. 버리기에는 께름칙해서 며칠을 더 두지만 식물은 결국 쓰레기통에 들어간다. 식물을 샀던 사람은 죄책감을 느낀다.

'선인장(혹은 다육이)을 죽이다니, 난 식물을 기르긴 글렀나 봐.'

아무 죄책감 없이 식물을 사고 죽이고 다시 다른 식물을 사는 일을 계속하는 사람도 있을 것이다(그런 사람은 식물의 신에게 처단을 맡기기로 한다. 지옥으로 보내면 어떨까요, 식물의 신이여). 하지만 대개는 기가 꺾여서 식물을 다시 기르지 않게 된다. 물론 반대의 경우도 있다. 식물을 죽인 자신을 반성하고 다른 식물을 더 정성스럽게 돌보게 되는 것이다. '이번에는 절대 죽이지 않겠어!' 그런 마음으로 정보를 모으고 이것저것 시도해본다.

식물의 신에게는 그런 인간들의 모습이 그저 가소로워 보이겠지만 나는 식물을 죽이고 시무룩해지거나 혹은 더 힘을 내서 다른 식물을 다시 잘 길러보려고 애쓰는 사람들 모두가 사랑스럽게 느껴진다. 바쁘고 정신없는 나날들 속에서도 뭔가 살아 있는 작은 존재를 옆에 두고 싶어 하는 마음. 나도 바로 그런 마음으로 식물을 기르고 있으니까.

한편으로는 사람의 마음에 대해서도 생각해보게 된다. 잘 죽지 않는다고 하면 그만큼 더 신경을 쓰지 않는 게 사람의 마음이구나.

사람 사이의 관계에서도 흔히 벌어지는 일이다. 친밀한 관계를 맺고 있는 사람을 소홀히 대하는 경우가 있다. 무슨 일이 있어도 내 옆에 있어줄 거라 믿기 때문이다. 신경을 덜 써도 관계가 유지되니 그보다 가벼운 관계의 사람들을 챙긴다. 그렇게 다른 사람들을 챙기다 진짜 소중한 사람을 잊어버린다. 방치된 사람의 마음이 말라가는 것도 모른 채. 우리는 가끔 그렇게 소중한 사람을 잃는다.

어쩌면 기르기 쉬운 식물이란 잘 죽지 않는 식물이 아니라 잘 죽는 식물일지도 모르겠다. 잘 죽는 식물을 사면 한 번이라도 더 물을 주고 관심을 갖고 돌보지 않을까. 모든 식물을 그런 마음으로 돌본다면 기르기 어려운 식물이란 없을 것도 같다.

하지만 이건 어디까지나 아직 식물을 죽여본 적이 없는 사람으로서 우쭐해져서 하는 소리다. 내가 식물을 죽이지 않고 기를 수 있는 건 옥상과 마당이 있는 집에서 살기 때문이다. 원룸이나 사무실에서 식물을 잘 기르는 건 관심이 있어도 어려운 일이다. 식물을 둘 바깥 공간이 없고 통풍이 잘되지 않는 환경에서는 아무리 관심과 애정이 있어도 식물을 기르기가 어렵다. 그럼에도 식물을 기르고 있는 사람들을 생각하면 대단하게 느껴진다.

책상에 작은 식물을 하나씩 두고 살아가는 사람들, 식물을 하나 길러보고 싶지만 죽일 것 같아서 망설이고 있는 사람들, 식물을 잘 기르고 싶은데 자꾸 죽이는 플랜트 킬러들. 그 모든 사람들이 식물을 매개로 이어져 있다, 라고 하면 너무 사이비 종교 같으려나.

그럼 그냥 나 혼자 그런 사람들에게 애정을 느낀다고 하자(하지만 이것도 좀… 음침한 것 같다. 식물교라서 그런 것은 아니다).

미련과 희망을 동시에 품고서

"만약에 시간을 돌려서 과거로 갈 수 있다면 어떻게 살 거야?"

바에서 한잔하고 있는데 사장님이 갑자기 물었다. 지금의 기억을 가지고 이십 대 초반으로 돌아간다는 전제였다. 사장님 옆에는 가게에 자주 오는 손님이 앉아 있었다. 대학에서 일하는 연구원으로, 나는 그를 '박사님'이라고 부른다.

"똑같이 살 거야, 아니면 완전히 다르게 살 거야?"

사장님의 질문에 박사님은 이렇게 대답했다.

"공부를 더 많이 할 거예요."

나는 이렇게 대답했다.

"책을 더 많이 읽을 거예요."

젊을 때 친구들과 밴드를 만들어 음악도 하고, 홍콩에서 사업도 하고, 강남에서 호스트바를 운영하기도 하며 원 없이 놀았다는 사장님은 이렇게 말했다.

"나는 더 많이 놀 거야."

우리는 돌아가면서 그렇게 말한 뒤 하하 웃었다. 결국은 똑같이 산다는 거네. 지금의 모습에 만족하는지 아닌지, 그것과는 별개의 이야기다. 아예 다른 부모 밑에서 지금의 내가 아닌 다른 사람으로 다시 태어난다면 몰라도, 이렇게 태어난 이상 이렇게 살 수밖에 없다.

인생의 많은 가능성을 지레 한계 짓고 타고난 대로 사는 게 좋다는 말은 아니다. 주어진 조건 안에서 최선을 다한 결과가 지금의 나라는 얘기다. 과거의 나는 내가 할 수 있는 것과 하고 싶은 게 무엇인지 고민하며 최선의 결정을 내렸다. 그렇게 하루하루를 살았다. 그때 알았더라면 싶은 것은 있지만 지금 아는 것들은 과거의 내가 실패를 거듭하며 배운 것이다. 그렇게 쌓아 올린 결과로 지금의 내가 만들어졌다.

그렇기 때문에 과거로 돌아간다고 해도 나는 비슷

하게 살 것이다. 사장님과 박사님도 나와 같은 마음으로
비슷한 대답을 한 게 아닐까.

　　박사님과 둘만 남았을 때, 혹시 죽은 싹을 살리는 법
을 아느냐고 물었다. 그는 혈액을 연구하는 사람이다. 세
포라든가 유전자라든가 그런 얘기도 들었는데 맨날 듣고
는 잊어버린다. 예전에 식물학도 잠깐 배웠다는 얘기를
들은 적이 있어서 그에게 싹을 살리는 법을 물은 것이다.
　　한 달 전에 제라늄 씨앗을 심었다. 신기하게도 싹이
트더니 건강하게 잘 자랐다. 그런데 지난주까지만 해도
쌩쌩했던 싹들이 며칠 전부터 갑자기 시들시들해지더니
이제는 거의 말라 죽었다. 싹은 총 다섯 개인데 세 개는
죽은 게 확실하고, 나머지 둘은 죽어가고 있다. 이 둘을
살릴 방법이 있을지, 그것을 물어봤다.
　　사실은 그 둘도 죽을 게 분명했다. 싹의 대만 남아
있지 잎은 다 말랐으니까. 하지만 싹이 전부 죽었다는
걸 인정하고 싶지 않았다. 씨앗을 심어서 싹이 튼 걸 본
건 태어나서 이번이 처음, 매일 조금씩 자라는 모습을
보는 게 요즈음 일상의 큰 기쁨이었다. 새싹이 어느 그
림에서 봤던 그대로의 모양인 것까지 신기하고 재밌었

다. 지난주에는 두 개의 잎 사이에 새로운 잎이 돋아나기까지 했다. 그런데 주말에 하루 집을 비웠다 돌아오니 싹들이 모두 시들시들 죽어가고 있었다.

지난주부터 부쩍 추워져서 밖에 내놓지 못하고 낮에만 잠깐씩 햇볕을 쬐었는데 그것으로는 부족했던 모양이다. 이번 주부터는 기온이 영하로 떨어져서 한낮에도 영상 2도까지밖에 올라가지 않았다. 그러니 바깥에 내놓을 수도 없고 뭘 어떻게 해줘야 할지 모르겠다.

내가 그런 얘기를 하며 침통해하자, 박사님은 그런 경우에는 살릴 방법이 없다며 안타까워했다. 사진을 보여주니 "정말 작은 싹이네요. 이렇게 작은 싹은…" 하며 말끝을 흐렸다. 그러면서 영양제라도 꽂아보라고 했다. 나는 고개를 끄덕였지만 싹이 다시 살아날 가망은 없다는 것을 잘 알았다.

"아빠가 겨울에 심으면 못 자란다고 봄에 심으라고 하셨거든요. 그런데 한 달 전까지만 해도 낮에 햇볕도 따뜻하고 또 어차피 실내에서 기를 거니까 괜찮을 거라고 생각했어요. 결국은 아빠 말대로 됐네요. 추운 겨울에 싹이 죽은 걸 어떻게 되살리겠어요. 겨울이 지나고 다시 심어봐야죠."

괜한 이야기에 미안해하는 박사님에게 괜찮다고 하려고 한 말인데 그 말을 하면서 처음으로 싹이 죽었다는 사실을 인정하게 됐다. 겨울이 돼서 죽은 싹을 되살릴 수는 없다.

　　그래도 만약 시간을 되돌릴 수 있다면 씨앗을 봉투에 든 채로 그냥 놔두고 싶다. 봄이 올 때까지 기다렸다면 좋았을 것이다. 봄에 다시 제라늄 씨앗을 사서 심을 수는 있겠지만, 이번에 싹이 트는 걸 보면서 느꼈던 마음이 환해지는 기쁨을 다시 느낄 수는 없을 것 같다.

　　다행히 러브는 아직 건강하다. 겨울이 되니 성장이 멈추기는 했지만 잎들은 여전히 싱그러운 초록색이다. 시든 잎은 없다.

　　박사님은 커피나무를 심은 지 삼 년 만에 처음 열매를 봤다고 한다. 올해 커피나무에는 빨간 열매가 일곱 개 달렸단다. 그 커피나무도 여름에는 쑥쑥 자라다가 겨울이 되면 잎이 떨어지고 성장이 멈춘다고 했다.

　　그 얘기를 들으며 러브의 삼 년 뒤를 생각했다. 성장이 잠시 멈추는 건 괜찮다. 중요한 것은 다음 계절이 올 때까지 살아 있는 것이다. 내년 여름에 러브는 꽃을 피울까? 지금은 그게 가장 궁금하다. 시든 싹은 한동안 버리지 못할 것 같다. 창가에 화분을 두고 기적을 기다리고 있다.

부모님이 기르는 난은 추워지기 시작했을 때 잎이 시들해져서 얼었다가 녹은 것처럼 아래로 축 처졌었는데, 집 안으로 들여와 정성껏 돌봤더니 이제는 완전히 살아났다. 나는 그 모습을 보며 미련을 버리지 못하고 죽은 제라늄 싹들을 지켜본다. 그걸 미련이라 부를 수도, 희망이라 부를 수도 있을 것이다.

미련은 과거에 대한 감정이고, 희망은 미래에 대한 감정이다. 싹이 과거에 이미 죽었는지 아니면 미래에 다시 살아날지 나는 알 수 없다. 이런 경우에 내가 품고 있는 감정은 무엇이라 불러야 할까. 되돌릴 수 없는 것과 바뀔 수 있는 것. 그 사이에 있는 것을 현재라고 하는지도 모르겠다.

우리는 언제나 현재에 있다. 미련과 희망을 동시에 품고서.

식물을 기르기엔 난 너무 게을러

아침에 일어났는데 러브가 보이지 않는다. 집 안 구석구석을 둘러보지만 어디에도 없다. 그러다 문득 화분을 옥상에 두었던 기억이 났다. 아뿔싸! 그게 언제였더라? 어제, 아니면 그제?

어젯밤에는 기온이 영하 10도 아래로 떨어져 한파주의보가 내려지지 않았나. 큰일이다. 나는 서둘러 옥상으로 올라갔다. 역시 러브는 거기 있었다. 우리 집에서 볕이 가장 잘 드는 자리. 겨울이 된 뒤로 매일 오전에 화분을 그 자리로 내놓았다가 오후 세 시쯤 다시 집 안으로 들여놓는 것이 일과 중 하나였다.

그런데 하필 기온이 뚝 떨어진 날에 러브를 밖에 두고 잊어버리다니. 그래, 이제 기억이 난다. 어제 오전에 볕이 따뜻하기에 러브를 밖으로 옮겨놓고 집으로 들어와 출근 준비를 했다. 그리고 두 시간 정도 있다가 출근을 했고, 일하고 돌아와서는 바로 쓰러져 잤다. 퇴근하고 가게를 나와 택시를 기다리는 동안 너무 추워서 덜덜 떨었던 기억도 난다. 그렇게 추운 밤에 러브는 밤새 밖에 있었다.

　　괜찮을까? 나는 화분을 번쩍 들어 러브의 안위를 살폈다. 다행히 러브는 멀쩡해 보였다. 겁에 질렸던 나는 한시름 놓고 러브를 다시 집 안으로 들여놓았다.

　　며칠 후 아침, 방문을 열자마자 바닥에 떨어진 이파리 두 개가 보였다. 러브의 잎이 분명하다. 고개를 들어 러브를 보니 화분 주변으로 잎들이 우수수 떨어져 있다. 불길한 예감이 든다. 뭔가 나쁜 일이 일어난 게 아닐까? 에이, 아닐 거야. 겨울날 준비를 하려고 그러는 거겠지. 나는 애써 불길한 예감을 뒤로 밀어냈다.

　　다음 날 저녁, 엄마가 물었다.

　　"너 화분 바깥에 놨었지?"

"아니."

나도 모르게 거짓말이 튀어나왔다.

"밖에 내놓은 게 아니면 잎이 왜 얼어. 잎이 얼어서 다 떨어졌던데."

"내 화분인데 내가 왜 거짓말을 해!"

큰소리를 땅땅 쳤지만 잠시 후 집에 들어온 아빠가 엄마와 똑같은 걸 물었을 때는 이실직고했다.

"그게 아니라 볕이 좋을 때 내놨다가 까먹었어. 근데 이번 주가 아니라 지난주에 그런 거야."

이번 주가 훨씬 더 춥긴 하지만 밤에 영하로 떨어지는 건 어차피 마찬가지였다. 나는 하지 않아도 좋을 변명을 늘어놓고 있었다. 그건 러브에게 하는 변명이기도 했다. 내가 널 일부러 영하의 추위에 내버려둔 게 아니라…. 하지만 변명이 무슨 소용일까. 러브의 잎은 벌써 반이 떨어졌다. 남은 잎들도 색이 변했다. 얼었다 녹은 흔적이 육안으로도 확실히 보인다. 설상가상 가지 몇 개는 아래쪽이 까매졌다.

잎이 검은색으로 변했다. 검은색은 죽음을 상징하는 색이다. 이때만큼 검은색이 불길해 보인 적이 없었다. 중요한 시험을 보는 날 아침에 운구차를 본 적이 있는데 그때보다 더 간담이 서늘했다.

　하루가 더 지났다.

　이제 선명한 초록을 띠는 잎은 가지 맨 꼭대기에 달린 것 하나밖에 없다. 나머지는 다 우중충한 녹색이 됐다. 이대로 죽는 건 아닐까? 겁이 나서 식물병원을 검색해본다. 어디에 가야 할지를 모르겠다. 아직 살릴 가망이 있는데 내가 골든타임을 놓치는 건 아닐까 불안하다.

　러브는 다년생이다. 뿌리만 얼지 않았다면 내년 봄에 다시 살아날지도 모른다. 뿌리가 상했는지 확인해보고 싶지만 괜히 흙을 파헤치고 뿌리를 꺼냈다가 더 상하게 만들기만 할 것 같아서 결국은 이러지도 저러지도 못했다.

　사실 부모님에게 차마 말하지 못한 것이 있다.

　추운 날 하룻밤 밖에 놓아둔 러브의 상태가 괜찮아 보이기에 물을 줬다. 집 안에 들여놓고 이틀 정도가 지나서였다. 나는 샤워기를 틀어서 러브를 흠뻑 적셨다. 동상을 입은 식물에게 물벼락을 내린 것이다.

　지난번에는 새싹을 죽이더니 이번에는 러브마저. 자

149

책을 넘어 자기혐오가 밀려든다. 러브라도 건강하게 기르자고 결심한 지가 얼마나 됐다고 한겨울에 화분을 들여놓는 것을 잊다니. 러브가 오래 살도록 잘 돌보는 것이 삶의 목표라고 말하기도 했었는데. 그건 또 얼마나 가벼운 마음이었나.

내가 올해 식물을 기른다고 한 짓들을 떠올려보니 한심하기만 하다. 여름에 샀던 카라 구근은 잃어버렸다. 방 안 어디에 있기는 할 텐데. 그렇게 생각만 하다 결국 찾아보지도 않았다. 카라를 심는 철은 예전에 지났다. 제라늄은 싹이 조금 났던 것을 모두 말려 죽였고, 예약 구매로 산 튤립 구근은 아직 박스째 뒤 베란다에 방치되어 있다.

튤립은 심을 시기도 지났다. 11월에 옥상에 심을 계획이었으나 옥상에 심으려면 텃밭을 정리해야 했다. 텃밭 정리가 엄두가 안 나 일을 미루다가 한파가 찾아왔다. 지금 튤립 구근을 옥상에 심었다가는 며칠도 못 가 얼어버릴 것이다.

다이소에서 화분을 몇 개 사두기는 했다. 튤립을 심기 좋은 온도는 영하 5도에서 영하 2도 사이다. 뒤 베란다라면 온도가 그 이하로 떨어지지는 않겠지만 그렇다고 해도 12월이 벌써 반이나 지났다. 빨리 심지 않으면 봄에 튤립이 피는 걸 보기는 포기해야 한다.

튤립은 추운 날씨에서 오십 일 동안 땅속에 묻어놓아야 싹을 틔운다. 그리고 날이 따뜻해지면 땅을 뚫고 올라온다. 나는 미리 꿈에 부풀어서 튤립 구근을 색깔별로 다섯 개씩 사놓았다. 내가 이렇게 게으름을 피울 줄 모르고 벌인 일이다.

결국은 나도 '식물을 죽이는 사람들'의 일원이 되는 걸까.

식물 기르기에 실패했다는 생각이 들자 올해의 인간관계까지 돌아보게 됐다. 새로운 친구는 사귀지 못했고, 잃어버린 사람만 있다. 사교적인 인간이 되기도 포기했다. 새로운 사람들을 만날 유일한 기회인 연말 모임도 모두 패스. 연말 동기 모임도 패스다. 가까운 친구들과 매년 크리스마스 파티를 했는데 그것도 이번에는 참석하지 않기로 했다. 식물과의 소통 운운했지만 식물과 친구가 되기는커녕 있던 친구도 잃을 판이다.

2017년의 끝이 가까워질수록 혼자 침대에서 보내는 시간이 길어지고 있다. 열심히 하던 달리기도 그만두었다. 몸이 무거워진 것 같아 체중을 재보니 이 킬로그램

149

이 늘었다. 올해 처음으로 몸무게의 앞자리가 달라졌다.

사라진 줄 알았던 우울과 고립감이 고개를 든다. 바쁜 생활로 덮어놓아서 잠시 보이지 않았을 뿐 어두운 감정들은 내 마음 안에 그대로 남아 있었음을 깨닫는다.

역시 난 나를 돌보는 것만으로도 벅차.

러브의 잎이 우수수 떨어진 모습을 본 날부터 며칠 동안 그런 생각으로 괴로웠다. 러브는 매일 밤마다 잎이 떨어져서 어느 날에 보니 잎이 하나밖에 남지 않았다. 미안하기도 하고 안쓰럽기도 해서 러브를 가만히 들여다보는데 뭔가가 눈에 띄었다. 얼마 전에 새로 돋은 싹에 반투명한 껍질이 생겼다. 기온이 영하로 떨어지기 전에는 없었던 것이다. 싹이 새로 돋은 것은 12월 초. 겨울에 싹이 새로 나서 신기했는데, 그 싹에 어느새 보호막이 생긴 것이다.

내가 어두운 감정에 빠져 있는 동안 러브는 쉬지 않고 겨울날 준비를 하고 있었구나. 식물은 슬픔에 빠지지 않는다. 쓸데없는 생각을 하며 괴로워하지도 않는다. 필요한 일을 해나갈 뿐이다. 그런 식물을 부지런하다고 해야 할지, 강하다고 해야 할지 모르겠다. 어쩌면 강한 존재만이 부지런할 수 있는 걸지도.

인간은 어쩔 수 없이 가끔 슬픔에 빠진다. 쓸데없는 생각도 한다. 식물과는 다르다. 인간은 때때로 감정 때문에 약해진다. 인간의 마음은 쓸데없이 복잡하고 섬세하다. 마음을 없애면 더 강해질 수 있지 않을까? 하지만 그럴 수는 없을 것 같다.

강한 사람이라는 건 마음이 없는 사람이 아니라 마음이 어두울 때도 해야 하는 일을 계속 해나가는 사람이라는 생각이 든다.

경주 동궁원

식물교 선언을 한 지 얼마 안 됐을 때였다. 3월 말, 아직 날이 추웠다. 체감하기로는 겨울이 끝나지 않은 것 같았다. 하늘은 미세먼지 때문에 매일 뿌옇게 흐렸다. 낮에 반짝 볕이 좋아도 산책을 할 수가 없었다. 바깥에 나가면 잠깐만 걸어도 목이 아팠다. 창문을 열면 환기가 되는 게 아니라 오히려 실내 공기가 안 좋아졌다. 그런 날이 계속되자 마음도 덩달아 어두워졌다. 아침에 눈을 뜨면 미세먼지 농도부터 확인하는 습관이 생겼다.

그날도 아침에 일어나자마자 미세먼지 농도를 확인했다.

155

매우 나쁨.

서울은 오늘도 빨간색이구나. 뿌연 서울이 지긋지긋했다. 그런데 전국 미세먼지 농도가 표시된 지도에 초록색인 부분이 있었다. 경북, 그중에서도 경주가 눈에 들어왔다. 나는 바로 경주행 KTX를 검색했다. 오후 한 시 열차가 있었다. 바로 준비해서 나가면 탈 수 있을 것 같았다.

식물교 멤버인 혜 언니에게 전화를 걸었다.

"언니, 경주 갈래? 지금 거기만 공기가 맑음이야."

"잠깐만, 너무 갑작스러워서. 십 분만 생각해볼게."

오 분도 지나지 않아 다시 전화가 왔다.

"갈게!"

그렇게 우리는 서울을 떠나 경주로 향했다. 내가 원하는 건 단순했다. 맑은 하늘 아래서 산책을 하고, 초록을 보고, 편하게 숨을 쉬는 것. 그게 내가 바라는 것들이었다.

열차 안에서 휴대폰으로 가볼 만한 곳들을 찾다가 동궁원이라는 식물원이 있다는 걸 알게 됐다. 망설일 것도 없이 그곳을 목적지로 정했다. 경주역 앞에서 동궁원까지 가는 버스가 있었다.

하지만 실망스럽게도 경주의 공기는 맑지 않았다. 우리가 KTX를 타고 가는 사이에 전국이 빨간색이 된 것이다. 경주의 하늘도 서울과 똑같이 흐렸다. 비가 오기 전처럼 우중충한 날씨였다. 벚꽃은 다음 주부터 피기 시작한다고 했다.

"왜 여기까지 온 거야."

우리는 우스워하면서 동궁원 안으로 들어갔다. 입구 쪽에 새들을 볼 수 있는 '버드 파크'가 있었지만 그냥 지나쳤다. 런던 동물원에서 버드 파크와 비슷한 곳에 들어갔다가 공포만 느끼고 나왔던 경험 때문이었다.

비가 오는 겨울날에 런던 동물원에 갔었는데, 히치콕의 영화 속에 있는 것 같았다. 밀폐된 유리 건물로 들어가니 공중에 새들이 있었는데 흐린 날의 온실은 어두워서 새들이 모두 검은색으로 보였다. 새소리가 으스스하게 들렸다. 숲에서 듣는 소리와는 완전히 달랐다.

그런 얘기를 하면서 식물원 안쪽으로 갔다. 거기에는 커다란 건물이 있었다. 유리로 된 그 건물은 꼭 한옥처럼 생겼다. 나중에 알아보니 신라시대 전통 건축 양식을 따왔다고 한다.

안으로 들어가자마자 감탄이 나왔다. 정말 깜짝 놀

랐다. 천장이 높은 커다란 온실 안이 온통 식물들로 가득 차 있어 밀림에 들어온 것 같았다. 식물원이 오랜만이어서 그렇기도 했지만 서울에서 봤던 온실과는 규모부터 달라서 갑자기 낯선 세계로 들어온 것 같은 느낌이 들었다.

키가 큰 나무들이 천장까지 닿아 있다. 커다란 공작야자도 있다. 공작야자는 잎이 물고기 꼬리 같이 생겨서 피쉬테일 팜Fishtail palm으로도 불린다고 한다. 지느러미 같은 잎들은 정말 물고기들이 헤엄을 치는 듯한 모습이었다. 나무에 달린 초록 지느러미들.

아주 커다란 바나나나무도 보인다.

"이게 바나나래!"

내가 신나서 소리쳤다. 자이언트 바나나. 언니와 둘이서 거대한 바나나나무를 구경했다. 이렇게 큰 바나나나무도 있구나. 잎이 코끼리 귀처럼 넓적하다. 잘 보니 바나나도 달려 있다. 노랗게 익은 건 아니고 초록색 바나나다. 어떻게 봐도 과일나무처럼 생긴 과일나무다. 바나나를 처음 본 사람도 잘 익은 노란 바나나에 경계심을 갖지는 않았을 것 같다. 껍질을 까기 전부터 어마어마하게 달콤한 냄새가 풍기는 데다 속은 부드러우니까. 처음 바나나를 발견한 사람은 배탈이 나지 않았을까. 나라면 한자리에서 한 송이는 먹어치웠을 것이다(안타깝게도 내가 인생 최초로 바나나를 맛본 순간은 기억나지 않는다).

천장까지 자란 소철(소철과의 열대산 상록 관목)도 있다. 열대 지방 식물처럼 생겼는데 원산지가 중국 동남부와 일본 남부 지방이라고 한다. 어쩐지 익숙한 느낌이 있다 했는데 가만 생각해보니 제주에서 본 기억이 있다. 제주 공항에서 밖으로 나가면 가장 먼저 마주치는 이국적인 느낌의 나무가 소철이었다. 제주에서 그 나무를 보면 내가 서울을 떠나 다른 곳에 왔다는 실감이 났다. 소철은 제주에서는 뜰에서 자라지만 다른 지역에서는 집 안이나 온실에서 기르는 나무라고 한다.

나도 언젠가는 집에서 나무를 기르고 싶다. 집 안에서 나무를 한 그루 기르는 일은 작은 화분과는 느낌이 다르겠지. 소철이나 파키라, 아니면 고무나무가 좋을 것 같다. 무화과나무도 인기가 있는 모양이지만.

우리는 통로로 올라갔다. 삼 층까지 이어진 보행자 통로가 동궁원 유리온실의 하이라이트다. 빙글빙글 돌면서 걸어 올라가게 되어 있는 통로인데 중간에 짧게 가짜 동굴도 지난다. 동굴에서는 폭포수가 떨어진다. 통로의

59

가장 높은 곳으로 올라가면 천장과 닿을 듯이 높게 자란 나무들과 눈높이가 맞는다. 식물원 전체를 한눈에 볼 수도 있다.

우리 외의 관람객은 할머니들뿐이었다. 근처에서 놀러 오신 듯한 할머니 한 무리가 통로를 오르며 소곤소곤 이야기를 나누다 웃음을 터트렸다. 식물원 구경이 즐거우신 것 같다.

실컷 나무 구경을 하다 밖으로 나왔다. 식물로 가득 찬 닫힌 공간에 오래 있었더니 산소가 부족한 느낌이다.

건물 바깥에는 흔들그네가 있었다. 해가 질 무렵이라 빛이 반짝 밝다. 그리 춥지도 않아서 잠깐 흔들그네에 앉았다 가기로 했다.

동궁원의 유리온실이 햇빛을 반사한다. 번쩍거리는 느낌은 아니다. 건물이 은은하게 빛난다. 건물 앞은 잔디밭. 우리는 잔디밭의 흔들그네에 앉아 있다. 겨울의 날카로운 바람이 아니라 살랑거리는 바람이 불었다. 찬 기운이 있지만, 봄의 바람이다.

이제 봄은 봄이구나.

봄이 막 시작되었다는 느낌과 함께 오랜만에 휴식을 취하고 있다는 기분이 들었다. 어디선가 풍경 소리가 들려왔다. 그네는 가볍게 흔들리고 옆에는 편하게 이야기를 나눌 수 있는 친구가 있다. 서울에서도 할 수 있는 일이지만 멀리 떨어진 곳에서만 느낄 수 있는 여유가 있다.

우리는 동궁원을 떠나 동궁과 월지(안압지)로 이동했다. 연못을 천천히 한 바퀴 도는 동안 해가 저물었다.

그날 밤에 우리는 야간 버스를 타고 서울로 돌아왔다. 서울 고속버스터미널의 새벽 꽃 시장이 우리의 마지막 코스였다.

그 이후로도 한동안은 맑은 하늘을 보기가 어려웠다. 여름에도 대기질이 안 좋았으니 일 년의 반 이상은 나쁜 공기 속에서 산 셈이다. 이곳에서 사는 동안은 미세먼지에서 벗어날 수 없는 걸까? 정부에서는 매년 대책을 발표하지만 공기는 점점 더 나빠지기만 하는 것 같다.

서울과 몇 시간 떨어진 도시로 가서 산책을 했던 그날에도 미세먼지에서 벗어날 수는 없었다. 하지만 뿌연 하늘 아래서 초록 속을 걷는 것은 어쨌든 위안이 되는 일이다. 나와 같은 환경에서 함께 살고 있는 식물들을 보면 '아직 다 망하진 않았어' 하는 생각이 든다.

숲은 공기를 정화한다(2017년 11월 4일자 〈프레시안〉에

163

실린 박문호 서울시립대 도시과학연구원 연구위원의 칼럼 "우리에겐 숲, 공원이 필요하다"에 따르면 "도시 숲은 이산화탄소를 흡수하고 신선한 산소를 배출한다. (…) 도시 숲의 나무들은 미세먼지를 제거하고 깨끗한 공기를 마실 수 있게 할 뿐만 아니라 수원을 함양하여 하천을 흐르게 하고, 빗물을 머금어 도시 홍수를 더디게 해준다"고 했다). 식물들은 인간들이 오염시킨 환경이 더 나빠지지 않도록 막고 있다. 식물이 사람을 지키고 있다. 그런데도 한편에서는 사람의 손에 숲이 계속 없어지고 있다.

나는 종종 식물이 사라진 도시를 상상한다. 초록을 볼 수 없는 도시를. 산이 사라진 땅을. 그런 곳에서도 인간은 살아 있을까? 멸종이란 그리 먼일이 아닐지도 모른다. 나에게는 초록이 사라진 도시가 멸종과 같은 의미처럼 느껴진다.

지구의 환경이 회복되는 방법은 인간이 사라지는 것이라는 우스갯소리도 있지만, 단지 우스갯소리로만 들리지는 않는다. 인간이 사라지는 것이 지구에는 정말 이로운 일인지도 모른다.

나쁜 생각이 이어지다 식물을 지키고 있는 사람들이 떠오른다. 사람을 지키고 있는 식물들과 식물을 지키고 있는 사람들. 식물이 사람을 지키고 있다는 게 평소에는 잘 느껴지지 않듯이 식물을 지키고 있는 사람들도 잘 보이지 않지만 어딘가에 존재한다.

살다 보면 내 일만으로도 머릿속이 복잡하다. 해결해야 할 일은 끝없이 있다. 그럼에도 나와 다른 존재에게 관심을 갖고 그 존재가 사라지지 않도록 애쓰고 있는 사람들이 있다는 걸 떠올리면 화가 사라진다. 그렇다면 내가 할 일은 화를 내는 게 아니라 다른 존재에게 관심을 기울이는 거라는 생각이 든다. 내 옆의 사람, 내 근처의 동물, 우리 동네의 식물 들에게.

나무가 한 그루씩 모여 숲이 되듯이 작은 선의가 모여 지구를 지킬 수 있지 않을까. 작은 선의를 품은 사람들을 떠올리며 초록 속을 걷는 것. 그것이 나의 식물 산책이다.

다낭과 호이안

4월 둘째 주 수요일에 혜 언니에게서 연락이 왔다.

"종산, 베트남 올래?"

경주에 다녀온 지 삼 주도 안 됐을 때였다. 그런데 이번에는 베트남이라니. 충동적으로 떠나는 것도 정도가 있지. 나는 십 분 전에 마감 하나를 끝내고 텔레비전을 보며 쉬는 중이었다. 마침 내가 보고 있던 프로그램이 〈윤식당〉이었다. 인도네시아 해변에서 유유자적 휴양을 즐기는 사람들을 보며 부러워하고 있던 중에 혜 언니의 연락을 받은 것이다.

언니는 며칠 전에 베트남의 다낭과 호이안, 하노이

를 이 주간 둘러보는 일정으로 여행을 떠났다. 언니가 베트남에 가고 싶다는 얘기를 한 게 일 년은 된 것 같은데 직장을 그만둔 뒤에야 갈 수 있게 됐다.

"내가 혼자 여행을 못 다니는 사람일 줄 몰랐어. 자꾸 생각만 많아지고 잠도 잘 못 자. 네가 와주면 안 될까?"

언니는 내가 온다고만 하면 항공권을 사주겠다고 했다. 호텔도 다 예약되어 있으니 몸만 오면 된다고도 했다. 드라마에서나 보던 일이 나에게 일어나다니.

나는 텔레비전 속의 해변 풍경과 언니의 메시지를 번갈아 보다가 '갈게!' 하고 답을 보냈다. 그리고 서둘러 여권의 유효기간을 확인했다. 다행히 아직 이 년이 남아 있었다. 만세. 나는 혜 언니의 다낭과 호이안 일정을 함께하기로 했다.

베트남은 열대몬순기후다. 같은 아시아라고 해도 변화무쌍한 사계절을 겪는 우리나라와는 자연환경이 많이 다르다. 당연히 자라는 식물들도 다를 수밖에 없다. 열대 지방의 식물들은 어떤 모습일까. 나는 기대에 부풀었다.

혜 언니에게 베트남 여행은 식물 여행이기도 했다. 언니의 고향은 제주다. 언니에게 숲은 친근하면서도 신비로운 곳이다. 언니는 숲이 배경으로 등장하는 이야기를 꾸준히 썼다. 언니가 묘사하는 숲의 풍경은 독특하다. 나에게 숲은 나무가 높이 자라고 공기가 맑아 숨이 탁트이는 곳인데, 언니가 묘사하는 숲은 어둡고 수풀이 우거진 곳이다.

아버지의 고향이 포천인 나에게는 포천의 숲이 숲이다. 밝은 낮에 친척들과 밤을 따거나, 볕을 쬐며 가볍게 산책을 하는 곳. 나에게 숲은 그런 이미지다.

언니에게는 제주의 숲이 숲일 것이다. 언니는 베트남의 공원과 숲이 보고 싶다고 했다. 어쩐지 베트남의 숲은 언니가 묘사하는 숲의 풍경과 비슷할 것 같다. 포천의 숲보다는 제주의 숲과 가까운 그런 곳.

내가 함께하는 일정에는 공원도 숲도 없었다. 하지만 다낭에 도착해 동네에 들어서니 따로 공원에 가지 않아도 괜찮겠다는 생각이 들었다. 다낭은 도시 전체가 하나의 공원이었다.

대로변은 물론이고 골목에도 양쪽으로 나무가 늘어서 있다. 길 양쪽에 높이 자란 나무들은 잎이 우거져서 맞은편 나무와 잎이 맞닿는다. 잎이 맞닿은 나무들이 아치를 만든다. 나무로 된 아치가 그늘을 만들어 더위를 식혀준다.

나무 뒤로는 주택들이 있다. 주택마다 작은 마당이 있고, 발코니가 있는 집들도 많다. 화분에 심어진 식물들은 대부분 대문보다 높이 자랐다. 그런 화분들이 집집마다 담을 따라 쭉 늘어서 있다. 담 울타리에는 덩굴이 감겨 있고, 발코니는 꽃으로 장식되어 있다.

어딜 가든 초록에 둘러싸인다. 도시 전체가 하나의 숲이자 공원이다. 식물이 휴식기에 들어가는 겨울이 없으니 나무들이 그렇게 큰 것이겠지. 뜨거운 건기를 무사히 나려면 그늘 역할을 하는 나무가 꼭 필요할 테고 말이다.

서양에서 베트남식 가드닝이 유행한다던데 다낭의 골목을 걷다 보니 그 이유를 알 것 같았다. 가지런하게 다듬어지지 않아 야성적으로 우거진 다낭의 식물들은 생명력이 넘쳤다. 강렬한 햇빛과 생명력 넘치는 식물들, 발코니와 차양이 있는 밝은색의 주택들이 어우러져 다낭의 골목 풍경을 만들었다.

다낭에서 차를 타고 사십 분쯤 가면 호이안이다. 우리는 호이안에서 사흘 동안 머무를 예정이었다. 호이안

의 구 시가지는 베트남에서 유일하게 도시 초기의 모습
이 원형 그대로 보존되어 있는 곳으로, 마을 전체가 세
계문화유산으로 지정되어 있다. 혜 언니가 예약한 숙소
는 중심가에서 떨어진 조용한 동네에 있었다.

호텔 앞으로는 길 하나를 사이에 두고 커다란 강이
흘렀다. 방에 딸린 발코니로 나가자 강과 야자나무, 맑
은 하늘이 보였다. 강에는 나무배들이 떠 있고 강 건너
편에는 숲이 있었다. 우리는 늦은 오후까지 호텔 방에서
나가지 않았다. 발코니에서 보이는 풍경만으로도 충분
했다. 저녁에는 잠깐 밥을 먹으러 나갔다가 맥주를 사서
들어왔다.

발코니에 있는 테이블에 앉아 맥주를 마시는데 아래
에서 기타를 연주하는 소리와 노랫소리, 말소리가 들려
왔다. 호텔 옆은 일반 사람이 사는 단층 주택인데 그 집
마당에서 젊은 사람들이 놀고 있는 모양이었다.

호이안에는 벽을 튼 카페와 문을 활짝 열어둔 당구
장이 많은데 낮에도 사람이 꽉 차 있었다. 낮에는 당구
장이나 카페에서 시간을 보내고 저녁에는 친구들과 집
마당에 모여 노래를 부르며 노는 걸까. 내가 한가한 여
행객이라 한량들만 유독 눈에 띄는 거겠지. 호이안에 사

는 사람들의 일상생활이 궁금했다. 며칠 머물다 가는 뜨내기 여행객은 알 수 없는 일들이 있을 것이다.

호이안에 도착한 이튿날, 느긋하게 동네를 걸어 다녔다. 몇 개 있는 고급 레스토랑은 여름 휴가철에만 운영하는지 대부분 문이 닫혀 있었다. 문을 연 레스토랑이 한 군데 있어서 그곳에서 식사를 했다. 커다란 목조 가옥으로, 베트남 고전 양식과 서양식이 섞인 인테리어가 멋스러웠다. 한쪽에는 피아노가 있었다. 여름에는 라이브 공연도 하는 것 같다.

바나나잎으로 싼 아이스크림과 아이스커피를 먹고 나와서 정원을 구경했다. 햇빛이 나무 그림자를 만든다. 노란색 담에 비치는 그림자는 야자수잎 모양의 도장을 찍은 것 같다. 담에는 자전거가 한 대 세워져 있다. 정원 가운데에는 작은 인공 연못이 있다.

활짝 열어놓은 대문 안쪽에는 꽃나무가 있다. 자주색 꽃들이 초록 사이로 악센트처럼 피었다. 식물들의 배치를 섬세하게 고려한 듯한 흔적이 다낭에서 본 정원과는 또 다른 느낌이다. 하지만 쭉쭉 뻗은 야자수들과 커다란 나무 잎사귀들이 있어 야성적인 매력도 살아 있다.

제대로 차려입은 사람을 보는 것 같은 느낌을 주는 프랑스나 영국의 정원과도 다르고, 차가운 느낌이 들 정도로 정갈한 아름다움이 있는 일본의 정원과도 다르다. 호이안의 식물이 내뿜는 여유롭고 풍성한 기운은 태양과 닮아 있다.

관광객이 주 고객일 듯한 레스토랑들은 대부분 넓은 정원이 있고 초록에 휩싸여 있지만, 현지인이 사는 집들은 분위기가 다르다. 내가 본 집은 대부분 소박한 단층주택이었다. 마당에 나무가 있기는 하지만 레스토랑처럼 초록에 휩싸여 있지는 않다. 마당에는 빨랫줄에 걸린 옷들이 볕에 말라가고 있고 커다란 닭이 돌아다닌다. 이른 아침, 동이 틀 때가 되면 닭 우는 소리도 들린다. 닭이 울고 해가 떠오르면 검은 강이 붉어졌다가 차차 푸른색이 된다.

서울로 돌아온 다음 날, 혜 언니가 사진을 몇 장 보내줬다. 우리는 전날 다낭 공항에서 헤어졌었다. 나는 한국으로 돌아오는 비행기를 탔고, 언니는 베트남의 수도인 하노이로 갔다. 언니가 보내준 사진들에는 하노이 식물원의 풍경이 담겨 있었다.

하노이 식물원은 하노이의 가장 큰 식물원으로, 커다란 강이 있는 야외 식물원이라 공원 같기도 하고 숲 같기도 하다. 관광객은 물론 현지인들도 많이 찾는 곳이다. 서울의 한강 같은 장소인지도 모르겠다.

열대식물이 밀집한 곳이니 열대림이라고 해도 되지 않을까. 사진을 보니 내가 다낭과 호이안에서 본 것은 빙산의 일각이라는 생각이 들었다. 나무의 종류나 크기가 내가 본 것과는 규모가 달랐다. 베트남의 식물을 제대로 볼 수 있는 곳 같았다.

베트남의 식물들은 한국의 식물들과 다르게 생겼다. 그 차이는 어디에서 비롯되는 걸까. 기후 외에 어떤 요인이 있을까. 국적에 따라 사람의 외모가 다르듯이 나라마다 식물의 생김새도 다르다는 게 새삼 신기하게 느껴진다.

"혼자 다니는 건 괜찮아?"

내가 묻자 혜 언니는 훨씬 나아졌다고 했다. 내가 다낭에 갔을 때 혜 언니는 인간관계 문제로 고민에 빠져 있었다. 하필 베트남에 도착한 날 문제가 생겨서 머리가 복잡해졌다고 했다. 혼자 있으니 고민이 더 깊어지기만 해서 나를 부른 것이었다. 당시에는 내가 듣기에도 쉽게 풀리지 않을 것 같은 문제였는데, 몇 달이 지난 지금 그 문제는 자연스레 해결이 되었다. 시간이 지나니 서로 대화를 나눌 여유가 생겼고, 막상 대화를 나누자 오해가 풀린 것이다.

복잡하게 꼬여서 도저히 풀 수 없을 것 같은 문제가 생길 때가 있다. 특히 사람의 마음과 연관된 문제들이 그렇다. 하지만 영원히 해결되지 않을 것 같은 문제도 시간이 지나면서 자연스럽게 풀리는 경우가 있다. 시간은 문제에서 거리를 둘 수 있게 만들어준다. 문제에서 멀어지면 차분히 생각할 수 있는 여유가 생긴다.

하지만 시간이 흘러도 해결되지 않는 문제는 어떻게 해야 할까. 이를테면 고독 같은 것. 그건 아직 잘 모르겠다. 식물들은 답을 알까?

인도에는 하나의 뿌리로 연결된 보리수들로 이루어진 커다란 숲이 있다고 한다. 언젠가 그 숲에 가게 된다면 보리수에게 물어보고 싶다. 부처는 보리수 밑에서 깨달음을 얻었다는데 나는 그곳에서 어떤 얘기를 듣게 될까.

스이젠지 공원, 그리고 남 걱정 많은 사람들

혜 언니와 스이젠지 공원에 다녀왔다. 올해의 마지막 식물교 투어다. 지난번에 내가 진 빚을 갚는 여행이기도 했다. 베트남 여행 때는 언니가 내 항공권을 사줬다. 숙소비도 혜 언니가 다 냈다. 이번에는 내가 호텔을 예약했다. 항공권은 각자 샀다. 내가 언니의 항공권까지 사주지 못하는 것을 미안해하자 언니는 "그 빚은 유효기간이 끝났어!"라고 했다. 아니, 받을 돈에 유효기간이 어디 있나. 남한테 빌려준 건 그 사람이 죽을 때까지 쫓아다녀서라도 받아야지.

"언니, 그렇게 살면 안 돼!" 하고 말하자, "난 그냥 평생 이렇게 살려고" 하는 대답이 돌아온다. 내 주변 사람들은 정말 다들 왜 이러는지.

내 친구들이 착하다고 자랑하려는 게 아니다. 고립감이 절정에 이르렀던 시기에 나는 내 친구들의 '착함'에 완전히 질려버렸다. 하루는 늦은 밤에 친구에게 이렇게 메시지를 보내기도 했다.

'나는 요즘 착한 게 지겨워. 작은 일에 마음 쓰며 사는 게 지겹고 힘들어. 뻔뻔하게 사는 사람들이 자꾸 보여. 그런 사람들이 더 잘 사는 것 같아.'

친구는 '나도. 착하기 싫다' 하고 답을 했지만 그 친구도 착하기로는 누구 못지않았다. 언젠가 그 친구와의 약속에 늦은 적이 있다. 바보같이 퇴근 시간에 버스를 타서 길에 갇혀버린 것이다. 기다리는 친구를 생각하니 초조해져서 답답함을 토로하며 짜증을 냈는데 친구가 오히려 "힘내!" 하고 응원을 해주는 바람에 웃음이 터졌었다. 너한테 미안해서 짜증이 난 건데 왜 네가 응원을 해주는 거야!

그 친구는 자신에게 상처를 준 사람에게도 먼저 연락해 안부를 묻는다. 자주 남의 사정을 헤아리다가 눈물을 글썽거린다. 거절을 못해서 귀찮아지는 일도 꽤 있다.

남의 일을 돕느라 매일 바쁘다.

나의 주변 사람들은 대개 이런 부류다. 내가 '착함'에 질릴 만도 하지 않은가. 배려 좀 그만하고 이기적으로 살란 말이야!

그런데 사실 나는 내 친구들이 아니라 스스로에게 짜증이 났던 것 같다. 내가 누군가의 처지를 안타까워하고 있으면 아빠는 "네가 더 불쌍하다" 하고 말한다. 같이 일하는 친구도 내가 남 걱정을 하면 "우리나 잘 살자" 하고 말한다. 어떤 손님이 너무 피곤하게 사는 것 같아 걱정 어린 말을 건넸다가 "그래도 너보다는 내가 낫지. 너만큼 힘들겠어"라는 말을 들은 적도 있다.

도대체 뭐가 문제일까? 정말 나나 잘 살지 왜 이렇게 남 걱정이 많은 인간이 된 걸까. 어쩌다 나와 비슷한 인간들과 옹기종기 모여 허구한 날 남 걱정(동네 길고양이 걱정, 뉴스에서 본 사람 걱정, 길 가다 본 사람 걱정, 다른 나라 사람들 걱정, 미래의 사람들 걱정, 세상에서 제일 쓸데없다는 연예인 걱정까지. 남 걱정 대회 챔피언들이다)을 하며 살게 된 걸까.

스이젠지 공원에 가서도 언니와 나는 어느새 남 걱정을 하고 있었다. 이렇게 완벽한 공원을 만들기 위해 얼마나 많은 사람들이 고생을 했을까. 스이젠지 공원의

175

인공 언덕들을 보고 있으니 경주의 고분들이 떠오르고, 고분들이 떠오르니 순장을 당했던 사람들이 생각나고, 내친김에 피라미드와 만리장성을 만들다 죽은 사람들까지 생각나서 마음이 괴로워졌다. 그러다 멈칫. 왜 또 남 걱정을 하고 있을까. 자꾸 그런 생각들이 끼어드니 눈앞의 순간을 순수하게 즐길 수가 없다.

착한 게 지겨워진 뒤로 친구들에게 남 배려 좀 그만하라고 잔소리를 하게 됐다. 남의 생각만 하다 정작 자기 자신은 뒷전이 되어 스트레스를 받고 우울해지기 때문이다. 손해도 자주 본다. 가진 것은 적은 주제에 마음만 넘쳐서 자꾸 남에게 뭐라도 주려고 한다. 항상 양보하고 배려한다. 자기도 남도 잘 챙기면 좋겠지만 그런 균형을 갖추기는 쉬운 일이 아니다. 나는 내 친구들이 남에게 모진 소리를 못해서 손해를 보는 게 싫다. 다른 사람의 처지를 깊이 헤아리느라 자신의 이익을 제대로 챙기지 못하는 것도 싫다.

하지만 내 친구들이 그런 사람들이 아니라면 나처럼 성격 나쁜 인간은 평생 혼자 지내다 죽을 것이다. 아니, 어쩌면 생존 자체가 불가능하지 않을까. 약육강식의 세계에서 진작에 목덜미를 물려 절벽 아래로 떨어졌을 것 같다.

스이젠지를 돌아보는 데는 얼마 걸리지 않았다. 연못과 작은 언덕들, 군더더기 없이 다듬은 일본식 정원의 나무들을 보며 천천히 걸었다. 가즈오 이시구로의 소설 《창백한 언덕 풍경》의 표지가 떠오르는 경치였다. 그 책의 표지에는 벚꽃이 핀 나무가 있는데, 스이젠지 공원도 벚나무가 정원의 중요한 부분 중 하나다. 그러나 11월이었기 때문에 벚꽃은 보지 못했다. 봄이면 정원에 벚꽃이 만개해서 아주 아름다울 것 같았다.

오후 다섯 시를 십오 분 앞두고 공원이 닫을 시간이라는 안내 방송이 나왔다. 아침부터 비가 부슬부슬 내린 흐린 날이었다. 언니와 나는 오래된 나무 아래 서 있었다. 그 나무는 기둥이 두 갈래로 쪼개져 있었다. 우리는 그게 뿌리로 연결된 두 그루의 나무일지 아니면 무슨 일이 있어 둘로 쪼개진 한 그루의 나무일지 궁금해하며 그곳을 떠났다.

구마모토에서 돌아온 그 주의 일요일에 식물교 멤버들이 모였다. 식물교 모임은 아니었는데 어쩌다 보니 식물교 멤버 셋이서 만나게 됐다. 혜 언니와 은아 언니, 그리고 나.

우리는 혜 언니 집의 식탁에 앉아 근황을 나눴다. 이런저런 얘기를 하다 보니 인간성에 대한 얘기까지 흘러갔다.

인간성이란 뭘까? 나는 따뜻한 마음만을 인간적이라고 하는 것은 좀 이상하다고 말했다. 내 주변에는 남 걱정이 많은 사람들뿐이라 나도 모르게 그게 좋다고 여기며 살아왔던 것 같은데 요즘은 잘 모르겠다. 자신의 욕망에 따라 이기적으로 사는 게 나쁜 걸까? 내가 너무 온정주의에 갇혀 살았던 것은 아닐까.

냉혹하고 이기적인 사람도 인간이고, 욕망에 사로잡혀 다른 사람의 재산이나 목숨을 빼앗는 범죄를 저지르는 사람도 인간이다. 그런데 왜 우리는 그런 사람들을 괴물이라고 부를까? 따지고 보면 욕망이나 이기심도 따뜻한 마음만큼이나 인간적이지 않나.

한 사람에게는 여러 가지 면이 복잡하게 섞여 있다. 인간성이라는 것은 복잡하다. 하지만 자꾸 인간을 두 부류로 나눠서 보게 된다. 사람을 중요하게 생각하는 사람과 돈을 중요하게 생각하는 사람. 세상에는 수많은 사람들이 있고, 인간은 모두 개별적인 존재다. 그걸 알면서도 나는 왜 자꾸 두 가지 유형에 사람들을 집어넣는 걸까. 아마 사회의 중요한 이슈들이 돈과 사람의 대결처럼 보일 때가 많기 때문인 것 같다. 돈 때문에 사람이 죽는 일을 우리는 너무나 많이 본다. 그런 뉴스가 일상적으로 들려오는 세계에서 우리는 살아가고 있다.

그래서 대체 인간성이란 뭘까. 우리는 어떻게 살아야 할까. 그런 것을 고민하게 된다.

우리는 식탁에 앉아 우리가 본 사람들에 대해 얘기를 나눴다. 예술을 하다가 그만두고 아파트에서 살기를 선택한 친구에 대해서, 대화의 주제가 돈과 섹스뿐인 사람에 대해서, 탄핵된 대통령과 비슷한 연령대에 비슷한 가치관을 가진 전 회사의 상사에 대해서, 큰 병원의 원장에 대해서, 대기업의 부회장에 대해서, 우리와 비슷했던 사람들이 점점 우리와 달라지는 모습을 보는 것에 대해서 얘기했다.

가끔은 조급해진다. 어쩌면 나도 그렇게 살아야 하는 것은 아닐까? 내가 우리 동네의 길고양이들과 내가 기르는 식물들의 건강을 걱정하고 있을 때, 어떤 사람들

179

은 재테크를 하고 아파트를 산다. 아파트를 사는 건 좋은 거지. 나와 내 친구들도 아파트에 살고 싶어 한다. 하지만 아파트에 살려면 지금처럼 남 걱정을 하며 느긋하게 살기는 포기해야 한다.

식물교 멤버가 모였던 날 이후로도 그런 생각은 계속되고 있다. 요리를 하다가도 문득 '나만 너무 느리게 살고 있는 건 아닐까' 하는 불안이 엄습해 조급해진다. 그럴 때는 숨을 들이마신다.

생각 잠시 멈춤.

좋아하는 사람들을 떠올린다. 식물의 건강을 걱정하는 사람들을. 숲을 지키려는 사람들을. 다른 존재와 공생할 방법을 찾는 사람들을. 그 사람들은 느리게 걷는 게 아니라 다른 존재들과 발을 맞춰 걷는 것이다. 그편이 더 즐겁지 않나, 하고 나는 또 느긋해진다.

나와 발을 맞춰 걷는 내 친구들을 생각한다. 도대체 내 친구들은 왜 그렇게 남 걱정이 많을까. 왜 그런지는 몰라도 그런 사람들과 함께 있는 것이 좋다.

그날 돌아오는 길에 은아 언니가 "혜를 만나니까 좋다. 이상하게 혜를 만나면 마음이 편해져"라고 말했다. 맞아. 사람을 만나고 돌아가는 길에는 마음이 무겁고 조급해질 때가 많은데 어떤 사람을 만나고 돌아가는 길은 마음이 편하고 따뜻하다.

　에이, 그거면 됐지. 마음이 탁 풀어진다. 우리를 조급하게 만드는 거대하고 검은 덩어리는 실체가 없다. 남 걱정 많은 내 주변 사람들이 나에게는 현실이다. 이러다가 또 금방 어떤 유혹을 만나 다스 베이더가 되고 싶어질지도 모를 일이지만. 후후.

에필로그

러브에게는 이웃이 있다. 러브는 내 방 왼쪽 창가에 살고 러브의 이웃은 오른쪽 창가에 산다. 러브의 이웃은 상가에 버려져 있다가 부모님의 눈에 띄어 우리 집에서 함께 살게 되었다. 엄마 말로는 상가 안에 있는 은행에서 장식용으로 화분을 뒀다가 시들면 내다 버린다고 한다.

지난겨울에 버려진 화분 네 개가 우리 집에 왔다. 처음 왔을 때는 모두 잎이 얼어서 축 늘어져 있었다. 내가 보기에는 살 가망이 없는 것 같아서 엄마가 그 화분들을 돌보는 게 미련 같았다.

그런데 어제 그 화분들 중 하나가 꽃을 피웠다. 우리

집에 온 지 세 달 만이었다. 네 개의 화분 중 하나는 결국 살지 못했지만 세 개는 살아났다. 세 화분 모두 난이다. 셋 다 살아서 꽃봉오리가 생겼다. 그중 제일 큰 난이 가장 먼저 꽃을 피웠다. 작고 예쁜 자주색 꽃이 두 송이 피었다.

지금은 2월 말. 2018년 올해 입춘은 2월 4일이었다. 달력을 보니 벌써 입춘이 지난 지도 꽤 됐다. 거의 삼 주쯤 지났다. 그 삼 주 동안 튤립은 하루가 다르게 쑥쑥 자랐다. 대파처럼 생겼는데 대파처럼 건강하다. 나머지 열 개 남짓한 구근들은 아직 상자 안에 있다. 항상 그렇듯 '해야지, 해야 하는데…' 하면서 손을 못 대고 있다. 이달 안에는 꼭 심을 거라고 내 자신과 가족에게 큰소리를 치고 있다.

러브는 입춘이 되기 며칠 전에 새로 싹을 틔웠다. 잎이 다 떨어져 맨가지만 남아 있는 것이 보기 미안했는데 작은 싹이 하나 돋더니 매일 가지 여기저기에 새로 싹이 난다. 싹은 연둣빛이다.

아직은 날이 춥다. 작년에도 4월까지는 추웠으니 올해도 아마 그럴 것이다. 그저께는 무서운 꿈을 꾸다 깼는데 옆에 아무도 없다는 사실이 갑자기 서러워서 울고 말았다. 울고 나서 너무 오래 울지 않았다는 생각을 했다. 새벽에 전화를 받아준 친구에게 아마 난 우는 게 필요했나 보다고 말했다. 어제는 눈이 많이 오고 천둥이 쳤다. 다음 주에는 바다를 보러 간다.

2017년 말, 어느 라디오의 연말 방송에 초대되어 나갔다. 2017년이 어떤 해였느냐는 디제이의 질문에 함께 게스트로 초대된 시인이 '동면하는 해였다'고 답했다. 그 말을 들으며 나만 긴 겨울을 보내고 있는 것은 아니구나, 했다.

겨울 내내 나는 봄을 기다렸다. 봄이 다시 올 거라고. 올해 1월 1일 신문에 혜 언니의 사진이 커다랗게 실렸다. 언니가 오래 염원하던 일이 이루어졌다. 새로운 활기가 생긴 언니를 보니 기쁘다. 우리는 구마모토에서 좋은 기운을 받은 것 같다고 얘기했다. 스이젠지 안의 신사를 떠올리면서.

집 안의 화분들이 다가오는 봄을 알리려는 것처럼 매일 달라지고 있다. 싹이 돋고, 키가 크고, 꽃이 핀다. 무럭무럭 자란다. 아직 추워도 낮에 부는 바람에서는 봄 냄새가 난다. 어릴 때 시골에서 맡았던 냄새다. 동네 연못이 녹기 시작하면 바람에서도 얼음 녹는 냄새가 난다. 개구리가 밤새 울고 바람에서 얼음 녹는 냄새가 나면 어른들은 봄이 오는 거라고 했다.

한동안 잊고 있던 마음이 떠오른다. 식물의 언어를 배우고 싶다는 마음. 작년 봄에 품었던 마음이다. 여름까지 이어졌다가 찬바람이 불면서 그 마음이 점차 희미해졌었다.

문득 러브의 가지에 새로 돋은 싹이 어떤 말처럼 느껴진다. 아무 뜻 없이 존재하는 사물에서 의미를 발견하는 것이 시가 아닐까? 지난봄에 했던 생각을 다시 한다.

겨울 동안 죽은 듯 잎이 모두 떨어졌던 러브의 가지에 다시 돋아나는 싹을 보고 있으려니 그 싹이 생명과 신비, 사랑 같은 단어를 품고 있는 것처럼 느껴진다.

사랑은 모든 살아 있는 것이 공통적으로 품고 있는 힘이 아닐까? 식물이 햇빛을 필요로 하는 것처럼 사람은 사랑을 필요로 한다. 사랑을 필요로 하는 사람들이 세상에 상처를 받으면서도 작은 희망을 품고 나아가는 것, 앞으로 나아가면서 작은 선의를 다른 존재에게 베푸는 것. 나는 그런 일들이 따뜻하게 느껴진다.

어떻게 살아야 할까. 그 문제가 너무 복잡하게 느껴

질 때는 그냥 마음이 따뜻해지는 방향으로 가도 좋지 않을까? 그쪽으로 걷다 보면 나와 같은 선택을 한 사람들을 만날 수 있을 것 같다.

환한 쪽으로.

요즘은 매일 그런 생각을 하고 있다.

환한 쪽으로 가자고.

식물을 기르기엔 난 너무 게을러

발행일 초판 1쇄 2018년 7월 16일 **지은이** 이종산 **발행인** 김병준 **편집** 한의영 **일러스트** 황미옥 **디자인** 김은영 · 이순연 **발행처** 아토포스 **출판등록** 제406-2017-000011호 **주소** 경기도 파주시 회동길 37-42 파주출판도시 **전화** 031-955-1318(편집) 031-955-1321(영업) **팩스** 031-955-1322 **전자우편** tpbook1@tpbook.co.kr **홈페이지** www.tpbook.co.kr

© 이종산, 2018
ISBN 979-11-85585-54-3 03810

이 도서의 국립중앙도서관 출판시도서목록(CIP)은 서지정보유통지원시스템 홈페이지 (http://seoji.nl.go.kr)와 국가자료공동목록시스템(http://www.nl.go.kr/kolisnet)에서 이용하실 수 있습니다.(CIP제어번호: CIP2018020131)